모든 벽은 문이다

모든 벽은 문이다

조헌 수필집

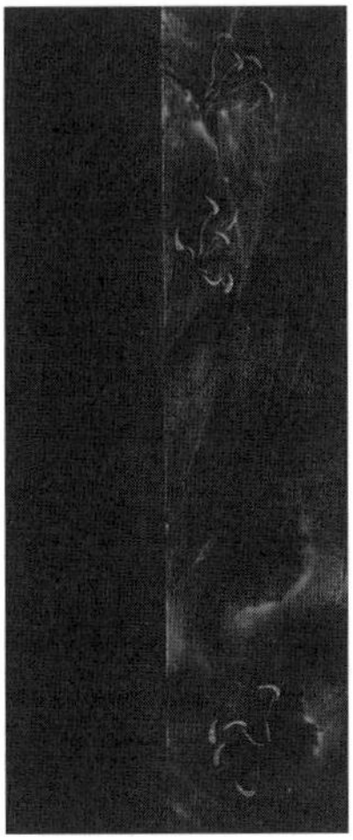

bookin

책을 펴내며

생각만 간절할 뿐 치열하지 않았다.

겪고 보고 듣고 읽었지만,

흉내만 냈지 영글지 못했다.

다 시고 떫다.

고민도 버릇이 되니 절박하지 않다.

설렁설렁 책상에 앉아

어림으로 빚어놓고도

뉘우침은 언제나 뒷전이다.

첫 책 『여전히 간절해서 아프다』를 내놓은 지 6년.

이젠 부끄러움도 엷어졌나보다.

좀 더 다른 걸 다짐했지만, 이번도 거기서 거기다.

염치없음이 송구스럽다.

늘 다독여준 분들이 고맙다.

참한 글로 보답하려 했는데

내 아둔함이 밉다.

짐짓 모른 척한다.

2019년 봄.

조헌

차례

책을 펴내며 | · 4

Part I 갈색, 그 향기

어르신, 무너지다 · 11 | 갈색, 그 향기 · 16 | 한갓되고 객쩍은 · 20

시간은 독毒이다 · 24 | 혼자서도 잘해요 · 27 | 시루떡과 개량한복 · 31

젊음을 할퀴다 · 35 | 살아야 하니까 · 39 | 휘청거리는 가을 · 44

황혼들 비탈에 서다 · 49 | 그게 사랑이니까요 · 53 | 결혼의 민낯 · 58

Part II 봄, 그 속을 걷다

밥이 지팡막대라 · 65 | 손이 만들고 가슴으로 나눈다 · 70

봄, 그 속을 걷다 · 75 | 나는 이렇게 들었다 · 79 | 시린 시대를 살다 · 84

달걀 한 판 · 89 | 어떤 선택 · 94 | 선택받은 나이 · 98

용서할 수 없다 · 102 | 가엾고 무심한 사람 · 107 | 터미널에서 생긴 일 · 111

Part Ⅲ 침묵의 매

눈만으로도 정이 든다·119 | 수행의 문·123 | 한 생각 돌이키면·128

침묵의 매·132 | 너무 더딘 깨달음·137 | 깨달음, 향기가 되다·141

모든 벽은 문이다·145 | 괴각乖角도 한 소임所任이니라·149

퇴직 유감有感·153 | 시차는 있어도 오차는 없다·157

종이함·162 | 어쨌든 죽은 후가 깨끗해야 해!·167

Part Ⅳ 어찌 더 묻어두랴

추전역杻田驛을 아시나요?·175 | 가슴에 박은 못·180 | 노크 좀 해줘요·185

그해 여름은 재앙이었다·190 | 어찌 더 묻어두랴·195

몸이 고생하는 법이야!·199 | 기이한 이야기·204 | 아무 말도 할 수 없었다·209

죽음, 삶의 거울·214 | 나이 많은 죄·218 | 참치의 눈물·223 | 나에게 ·227

작가의 말 | 글은 스스로 자란다·232

Part I

갈색, 그 향기

- 어르신, 무너지다
- 갈색, 그 향기
- 한갓되고 객쩍은
- 시간은 독毒이다
- 혼자서도 잘해요
- 시루떡과 개량한복
- 젊음을 할퀴다
- 살아야 하니까
- 휘청거리는 가을
- 황혼들 비탈에 서다
- 그게 사랑이니까요
- 결혼의 민낯

어르신, 무너지다

이래봬도 벌써 6년째다. 일 년에 두세 차례는 마라톤대회에 꼭 참가해왔다. 비록 10㎞ 단축마라톤이지만 주최한 협회나 신문사가 준 완주 메달이 서랍 속에 수두룩하다. 올봄엔 아들과 함께 하프마라톤에 도전하려고 속다짐 중이다.

건강은 타고났다. 군복무 중에도 40㎞ 행군이 크게 두렵지 않았다. 발바닥에 물집은 좀 잡혀도 어깨도 멀쩡하고 무릎이나 발목도 그냥저냥 견딜 만했다.

환갑을 넘겼지만 걷고 뛰는 건 아직도 자신 있다. 내년에 퇴직을 하게 되면 선선한 가을, '해파랑길'을 혼자 걸어볼 생각이다. 그 길은 부산 '오륙도 해맞이공원'에서 고성 '통일전망대'까지 이어진 770㎞ 해안길이다. 자료를 하나둘 챙기다보니 벌써부터 가슴이 쿵쾅거린다. '나이가 뭐 대순가? 내 나이가 어때서….' 오늘도 저녁을 먹고 동네 서너 바퀴를 단숨에 뛰고 들어왔다.

그런데 지난 가을, 하루아침에 흐리멍덩한 노인네로 전락해버린 참담한 일이 벌어졌다.

퇴근하면서 우편함을 보니 동사무소에서 보낸 안내문이 들어 있었다. 내용인즉, 한 달 전부터 주민센터에서 60대 이상 노인들에게 독감 예방접종을 해왔는데 이제부턴 보건소를 직접 찾아가야만 접종이 가능하다는 내용이었다. 정해진 기간이 지나서 그렇다는 설명과 함께 다른 자치단체는 65세가 넘어야 하지만 우린 60세부터 무료접종을 실시한다는 공치사가 늘어졌다. 안내문의 하단엔 '11월 30일 오후 5시까지'라는 굵은 글씨가 선명했다. 나는 마침 일찍 퇴근한데다가 아직 기한이 보름이나 남은 것을 확인하고 보건소를 찾았다. 보건소는 걸어서 10분 남짓 거리에 있었다.

"어르신! 어서 오세요. 주사 맞으러 오셨죠? 이쪽으로 오세요. 어르신!" 얼핏 봐도 쉰 살은 너끈히 넘은 여자가 자리에서 일어나며 반색을 했다.

난 누구한테 자꾸 '어르신! 어르신!' 하는지 몰라 그저 멀뚱히 쳐다보고 있었다. 설마 나한테 그럴 리는 없을 테고 다른 사람이 함께 들어왔나 싶어 슬그머니 뒤를 돌아보았다. 따라들어온 사람은 없었다. '나 원 참! 저나 나나 엇비슷해 밖에서 만나면 오빠라고 불러도 실컷 될 처지에 어르신은 무슨 어르신!' 속이 뒤틀려 중얼댔지만 도리가 없었다. 그런데 더 기겁할 노릇은 그 여자가 다가오더니 마치 부축을 하듯 내 팔을 잡고는 "어르신! 이쪽으로 앉으세요"라며 상노인 대하듯 자리까지

봐주는 것이 아닌가? 순간 난 65세 이상인 걸 잘못 알고 찾아왔나 싶어 은근히 걱정이 됐다. 설마 그렇겠냐만 요즘 들어 부쩍 내 판단과 기억이 못미더운 난 다시 한번 안내문을 꺼내 보고야 맘을 놓았다.

설상가상이라 했던가. 명부에서 주소를 확인한 그녀는 서류 한 장을 내주며 옆에 바짝 붙어앉는 거였다. "어르신! 건강문진표예요. 직접 쓰셔야 하는데, 불편하면 제가 써 드릴까요? 어르신!" 지나치면 모자람만 못하다더니 그녀의 친절은 짜증이 날 만큼 성가셨다. 난 단호히 거절하며 그녀가 내민 볼펜을 뺏듯 가로채 쓱쓱 써내려갔다. "어머! 참 잘 쓰시네요. 어르신들이 흘려 쓴 글씨는 알아보기 힘들던데 또박또박 여학생 글씨 같아요. 정말 참 잘했어요!" 까닥하면 그녀의 호들갑이 내 머리를 쓰다듬을 것 같아 목 언저리가 움찔했다.

주사는 지하에서 맞는다고 했다. 주사실 앞 긴 의자엔 사람들이 죽 앉아 있었다. 자리가 없어 엉거주춤 서 있자, 그 중 한 사람이 자기넨 벌써 맞았다며 어서 들어가라고 손으로 문을 가리켰다.

들어서자마자 나이 든 간호사가 기다렸다는 듯 주사를 놓더니 "바로 가시면 안 돼요. 어지러울 수가 있어요"라며 복도 의자에 앉아 15분 정도 안정을 취해야 한다고 타이르듯 말했다. '이런, 젠장! 그깟 주사 한 대 맞고 안정은 무슨 안정, 볼 장 다 본 노인네로 아나?' 난 못 들은 척 서둘러 층계를 오르고 있었다. 이때였다. "아이, 참! 어르신! 그냥 가시면 어떡해요. 잠시 앉았다 가시라니까요." 따라나온 간호사가 소리를 빽 질렀다. 그 서슬에 놀란 난 흘낏 돌아보다 그만 발을 헛디뎌 계단 모서리에 정강이를 쪼며 쭉 미끄러지고 말았다. 얼마나 아픈지 눈물이 핑 돌았다. 하지만 아픈 것은 둘째 문제다. 이 무슨 창피란 말인가? 나는 돌아보지도 않은 채, 괜찮다고 손사래를 치고는 급히 보건소를 빠져나왔다.

기분이 엉망이 된 나는 절룩대며 근처 중학교 운동장을 가로질러 집으로 향했다. 운동장엔 수업을 마친 아이들이 여기저기 공을 차며 바글거렸다. 때마침 휴대폰이 울렸다. 문자가 온 것이다. 허겁지겁 돋보기를 찾아 쓰며 화면에 뜬 자잘한 글씨에 집중할 때였다. 갑자기 띵하며 둔중한 물체가 심하게 얼굴을 때렸다. 두 눈엔 별이 번쩍하고 정신이 아뜩했다. 쓰고 있던 안경이 튕겨나가고 세상이 온통 하얘지면서 사지에 힘이 쭉 빠졌다. 맘먹고 찬 축구공에 얼굴을 정통으로 맞은 것이다. 순간 나는 맥없이 그 자리에 쓰러졌다.

정신을 차려보니 땀범벅이 된 중학생 녀석들이 삥 둘러 나를 내려다보고 있는 것이 아닌가? "할아버지! 할아버지! 괜찮으세요?" 난 우선 땅을 짚고 겨우 일어나 앉았다. "할아버지! 정말 죄송해요. 시합을 하다가 그만!" 한 아이가 울먹이며 고개를 숙였다. 살갗이 벗겨졌는지 콧잔등이 쓰렸지만 별탈은 없었다. 내심 '할아버지' 소리가 귀에 거슬렸지만 어쩌겠는가? 떨어진 안경과 휴대폰을 주섬주섬 챙겨든 나는 허영거리며 집으로 돌아왔다.

예방접종 탓일 게다. 머리가 휑하며 어질했다. 코와 다리에 연고를 발라주던 아내는 큰일날 뻔했다며 자리를 깔아주었다. 눕자마자 온몸이 느른해지며 잠이 쏟아졌다. 앞으로 이런 일이 어디 한두 번이겠는가. 수시로 겪으면서 차츰차츰 노인이 돼가는 것은 아닐는지?

까무룩 잠이 들었다. "영감님! 어서 일어나요. 당신 좋아하는 전복죽 끓였어요. 노인네라 기력이 떨어져 그런가, 왜 두 번씩이나 넘어지고 그래!" 아무래도 오늘은 재수에 옴이 붙은 날이다. '어르신'과 '할아버지'도 모자라 이번엔 '영감님'이다. 일부러 긁어대는 아내의 장난기는 잔소리로 이어졌다.

"노년을 아프게 하는 것은 심장병이나 관절염이 아니라 함께 늙지 못하는 마음 때문이라잖아요. 그동안 용케 나이를 피해 다니더니 오늘 된통 걸려든 거예요. 젊어 보이는 건 아무짝에도 못 써요. 실제로 젊어야 좋은 거지! 요즘 아들이 당신 하프마라톤은 무리라고 걱정하는데 그만 포기하는 게 어때요? 이제부턴 제발 좀 점잖게 사세요." 아내의 말이 까진 콧잔등보다 훨씬 더 쓰라렸다.

사람은 늙어가는 게 아니라 익어가는 거라는데 왜 자꾸 낡아가는지 도무지 모를 일이다.

갈색, 그 향기

"당신의 매력 중 하나가 나이예요!"

사랑에 빠진 중년 남녀가 파티를 마치고 돌아오는 승용차 안에서 따뜻한 눈빛을 나눈다. 훈훈한 분위기, 서로의 감정을 어설피 고백하다 주눅든 목소리로 '나 너무 늙지 않았나요?'라고 묻는 여자에게 남자가 달콤하게 던진 말이다.

이것은 메릴 스트립, 스티브 마틴, 알렉 볼드윈이 주연을 맡고 낸시 마이어스 감독이 연출한 〈사랑은 너무 복잡해〉에 나오는 대사다. 노련함이 묻어나는 격조 높은 연기로 스토리 전체를 이끌던 여배우 메릴 스트립, 그리고 그녀에게 다가서는 두 중년 남자의 열정과 신중함. 이 영화는 당시 젊은 사람들의 사랑이야기에 식상해 있던 중년 관객들에게 신선한 즐거움을 선사했던 로맨틱 코미디였다.

이젠 사랑에 대해 알 만큼 알고 해볼 만큼 해봤다고 자부하는 중년의 가슴에도 번지듯 스미는 사랑이 남아 있음에 감동받았던 나는 영화관을 나오자마자 달달한 초콜릿 크루아상을 사먹었을 정도로 상큼하게 기억하는 영화다. 아직도 난 아름답게 나이 든 중년 여인을 볼 때마다 여주인공 메릴 스트립의 편하게 웃던 모습과 이 대사가 함께 떠오른다.

젊은 여성은 당연히 아름답다. 절로 이는 천연여질天然麗質을 무엇으로 가릴 수 있겠는가. 하지만 주름이 있어 더 오래 기억되는 미소와 들뜨지 않는 잔잔한 목소리 그리고 절제가 빗장을 친 깔끔한 몸동작, 이거야 말로 인생의 심연深淵을 올곧게 견뎌온 중년 여성만이 갖는 눈부심이다. 어찌 젊다는 이유만으로 필적할 수 있단 말인가.

중년 여성의 매력은 무엇보다도 내면에 담긴 지혜와 남에 대한 배려, 그리고 솔직함이 만드는 여유와 순수가 아닐까.

수년 전 흑인 여배우 우피 골드버그가 아카데미 시상식에서 한 인터뷰 기사를 보고 고개를 끄덕인 적이 있다. '나이가 들면서 젊고 아름다운 여배우들이 신경 쓰이지 않냐'는 질문에 그녀는 "아니요. 그들도 내 나이가 되면 나처럼 허벅지에 살이 붙고 눈가에 주름이 생길 게 확실해요. 지금 나는 예쁜 얼굴과 날씬한 다리보다는 내 나이에 어울리는 지혜를 갖고 싶어요"라고 대답했다.

지혜로움은 노력과 관심이 만드는 또 다른 아름다움이다. 살면서 보고 듣고 겪어야 하는 숱한 경험을 통해 한층 더 깊어지는 정신적 능력이 지혜다. 나이가 쌓일수록 받아들이는 일에 눈 감지 말고 자꾸 좁아드는 사유의 공간을 한껏 채워가야 할 일이다. 아름다운 영혼이 깃든 육체는 향기가 난다지 않던가. 연륜에 맞는 지혜로움으로 늘 주변과 교류하는 중년 여성에게선 은은한 향기와 함께 포근함이 느껴진다.

또 배려란 상대가 알지 못하게 은근히 마음 써주는 기술적 사랑이다. 그래서 포장하지 않은 남성의 뚝뚝한 배려보다는 여성의 따뜻한 손이 매만진 배려가 훨씬 더 살갑다. 하지만 누굴 막론하고 늘어나는 나이테와 함께 반드시 키워야 할 것이 배려임은 명심해야 한다.

세월은 사람을 그냥 무너트리지 않는다. 여름의 뜨거운 햇살이 과일에 단맛을 스미게 하고 겨울의 혹독한 바람이 연두색 풀잎을 내어놓듯, 시간은 팍팍함을 너그러움으로 바꿔 주변을 보듬어 안을 수 있는 심성을 가르친다. 배려는 자신으로부터 무한히 번지는 기적의 온기다. 그래서 진정이 담긴 배려는 영혼을 매료시킨다. 자상한 배려야말로 흰 머리와 함께 나이 든 사람을 빛나게 하는 최고의 장식품이다.

솔직함이 빚어내는 푼푼한 여유도 중년 여성의 매력이다. 그들에게는 지금까지 소중히 여겨왔던 모든 것 — 사랑과 꿈 그리고 가족과 자신을 온전히 지키고자 하는 열망과 치열함이 있다. 그래서 매사 적극적이고 직선적이다. 그 꾸밈없는 활달함이 순수함을 만든다.

코팅된 내숭을 부끄러움으로 가장假裝하는 젊은 여성의 새침함은 간혹 주변을 아프게 찌를 때가 있다. 그래서 오히려 중년 여성의 거침없음이 더 순수하게 느껴지는 걸게다. 일본 작가 에쿠니 가오리의 소설『도쿄타워』를 보면 마흔 살이 넘은 여자와 연애하는 이십대 청년이 등장한다. 그는 중년 여성들에게 집착하는 이유를 순수함 때문이라고 자신 있게 말한다. 여자는 나이가 들수록 여유롭고 아이처럼 순수해진다는 그의 말에 아낌없는 갈채를 보낸다.

중년 여성의 아름다움은 세월과 함께 바래는 것이 아니다. 노랑, 파랑, 빨강 등 지금까지 살아온 갖가지 인생에 흰색이 한데 섞여 차분한 갈색으로 바뀌는 것이다. 열정은 가셨지만 그리움은 그대로 남은, 또 풍요와 조락이 뒤섞이지만 외로움을 여전히 감춘 가을과 가장 닮은 색으로 발색發色되는 것이다.

여성의 중년기는 젊음은 잃어가지만 원숙함과 편안함이 최적화되는 시기가 분명하다. 일반적으로 중년 여성이 젊은 여성들보다 행복과 만족을 훨씬 많이 느낀다고 한다. 이 균형 잡힌 안정감이 곱게 가라앉은 갈색을 떠올리게 하는 건 아닐까.

산산한 바람이 분다. 문득 바다와 석양 그리고 털실로 짠 숄이 잘 어울리는 여인을 만나보고 싶다. 나이가 매력인 그녀와 함께 자작자작 나무 타는 소리가 LP판의 잡음처럼 번지는 벽난로 앞에서, 하얀 탁자를 사이에 두고 커피를 마시고 싶다. 나무 타는 냄새와 커피향이 어울리면 참 그윽할 것이다.

아름다운 여인은 아무렇게나 늙지 않는다.

한갓되고 객쩍은

'만약 세월을 되돌릴 수 있다면 어느 나이로 가고 싶은가요?' 이 질문에 구십대의 어느 철학자는 서슴없이 육십대를 지목했다고 한다. "젊은 날로는 돌아가고 싶지 않아요. 그땐 생각이 얕아서 행복이 무엇인지 몰랐거든요." 미숙한 사유 속 격랑의 젊은 시절을 마다하고, 무르익어 안정된 육십대를 택했다는 것이다.

물론 속 깊은 그분의 말씀을 이해 못하는 건 아니다. 그러나 내 생각은 사뭇 다르다. 만약 돌아만 갈 수 있다면 땟국물에서도 향기가 난다는 스무 살이 되고 싶다. 무엇이든 꿈 꿀 수 있고, 저지를 수 있는 나이! 그 나이라면 다시 하고 싶은 일이 몇 가지 있어서이다.

우선 제일 먼저가 공부다.

여태껏 누가 말렸던 적은 없지만 아둔한 천성에 게으르기까지 했으니 머릿속 슬기가 변변치 못한 것은 당연하다. 그 탓에 듬성듬성 구멍 난 알음알이로 세상을 살면서 후회한 적이 어디 한두 번이었던가. 30년 넘게 교단에 서야 했던 나는 우물 곁을 서성이며 줄 짧은 두레박을 얼마나 원망했는지 모른다.

알차지 못한 공부가 한둘이겠냐 마는 특히 아쉬웠던 것은 영어다. 10년 넘게 배웠어도 외국인이 다가오면 입안이 마르고 속이 탔다. 언젠가 혼자 미국 국내선 비행기를 탔던 적이 있었다. 기내식 제공을 위해 승무원이 묻는 말을 도무지 알아들을 수가 없어 생각 없다고 손사래를 치며 내릴 때까지 자는 척했던 기억은 악몽에 가깝다. 회화會話는 그렇다 치고 독해讀解마저도 시원찮으니, 영어로 인해 겪은 수모가 얼마나 심했겠는가. 잘못된 번역서에 골탕을 먹으면서도 원서原書엔 손도 댈 수 없었으니 공부가 늘 반쪽이 되기 일쑤였다.

다시 젊어진다면 외국어 공부에 매진하고 싶다. 보고 싶은 책들을 그들의 글로 술술 읽어낸다면 앎이 얼마나 실하고 야무졌을까.

다음은 여행이다.

여행은 눈을 감는 일로부터 시작된다고 한다. 그것은 여행이 단순한 떠남이 아니라, 자유로운 상상을 가능케 하고, 고독을 즐길 수 있게 하며, 자아와의 만남을 주선하기 때문이다. 젊은 시절, 다채로운 감성으로 국내는 물론이고 세계의 구석구석을 다녀보고 싶다. 순례자의 길 — 스페인의 산티아고 800㎞를 혼자 걸어보고 싶고 히말라야 트래킹도 도전해볼 일이다. 유럽의 박물관들도 찾아다녀보고, 남미의 '마추픽추'도 마주하고 싶다. 동남아나 아프리카의 오지 체험은 어떨까? 보고, 듣고, 사색하며 가슴 저리게 느끼고 싶다.

떠남이 아름다운 사람이 있다. 낯선 길 위에서 깨달은 삶의 의미를 꼼꼼히 기록한 영혼들! 혜초 스님, 연암 박지원 그리고 마르코 폴로는 견문을 넓히기 위해 목숨도 아끼지 않았던 선각先覺들이다. 떠날 때 그들은 빛났고 기록할 때 그들은 위대했다. '여행은 새로운 풍경을 보는 게 아니라, 새로운 눈을 갖는 거라'고 한다. 색다른 시각으로 대상의 작은 떨림까지도 고스란히 느끼라는 말일 게다. 무엇을 위해 살 것인지, 어떻게 살아야 하는 건지 진지하게 캐묻는 값진 시간을 갖고 싶다. 그리고 여행이 준 식견과 혜안으로 나와 남, 그리고 세상과의 교감을 촘촘한 글로 남기고 싶다.

그 다음은 사랑이다.

누구나 겪지만 무수한 사람들이 둥개고 마는 쉽고도 어려운 감정, 생사를 넘나드는 불가사의한 충동, 지위나 안정마저도 가차 없이 던져버리고 자기를 벼랑 끝으로 내모는 열정, 이게 바로 사랑이 아닐까? 사랑은 불가항력이다. 나도 모르게 가시에 푹 찔리는 일이다. 그래서 사랑은 주고 싶은 넉넉함이 아니라 줄 수밖에 없는 절박함이라지 않던가.

하지만 사랑은 불가능한 욕망이다. 둘이 하나가 되겠다니 이 무슨 우스개란 말인가. 그래도 우린 사랑을 뒤쫓으며 목말라한다. 삶은 곧 사랑의 이어짐이다. 누군가는 내게 들어와 허기를 채우고, 나는 또 누군가에 스며들어 눈물 철철 흘리다 돌아온다.

웃었든 울었든 사랑의 기억은 인생을 가륵하게 만드는 요술 같은 것이다. 부디 그 절절한 칼날에 다시 한번 깊게 베이고 싶다.

끝으로 세월을 돌리고 싶은 이유가 하나 더 있다. 지금은 만날 수 없는 사람들 — 이유가 어떻든 내 곁을 떠난 그들과 예전같이 웃고 떠들며 두 손 꽉 쥐고 싶어서다. 그들 중엔 오지 못할 길을 떠난 이들도 많다. 죽음, 얼마나 급작스럽고 허망했던가. 가슴을 쥐어뜯으며 보내야 했던 사람들, 생각사록 목젖이 아리고 애절하다. 세월이 흐를수록 더께가 내려앉듯 그리움이 단단해지는 사람들과 뒤섞여 살던 때가 사무치게 그립다.

젊어질 수 있다는 상상, 감미로운 꿈을 꾸듯 생각만으로도 가슴 설렌다. 하지만 그게 무슨 소용이랴! 한갓되고 객쩍은 일임을 내닫는 저 시계바늘이 살뜰히 일러주고 있거늘.

돌연 마음속 깊은 곳에서 휑하니 바람이 인다.

시간은 독毒이다

우린 강이 보이는 호젓한 산길에서 우연히 만났다. 이유는 각기 달랐지만 그녀는 강을 향해 내려오고 있었고 나는 그 비탈길을 오르고 있었다. 때마침 가까운 곳에 작은 찻집이 있어 멋쩍은 마음을 용케 개킬 수 있었다. 여러 날을 망설이며 미적거렸지만 불가항력이었다. 불같이 이는 사랑에 혼신을 다했다.

하지만 모든 걸 거슬러야만 했던 시간들, 늘 숨이 막혔다. 무시로 솟구치는 그리움은 피 맛을 본 야수처럼 감당할 수 없었다. 자꾸 맨발로 뛰쳐나가는 욕망의 가닥들을 하나하나 쑤셔넣은 채 있는 힘껏 꿰매며 지냈다. 그래 봤자 거개가 헛수고란 것을 알면서 말이다. 자칫 방심하는 순간, 봉합해놓은 곳이 터지는 낭패를 번번이 겪으면서도 마른 침을 삼키며 다시 부풀어 터지길 기다렸다. 안 된다, 이젠 정말 안 된다고 입술을 깨물수록 마음은 늘 그녀를 향해 달음박질쳤다. 악착같이 옥죌수록 퉁기면 더 멀리 흩어지는 알 수 없는 속내를 어쩌지 못해 쩔쩔맸다.

사랑은 별을 따겠다는 무모함이다. 이미 수억 년 전에 사라져 빛으로만 남은 환상에 집착하는 헛된 몸짓이다. 모든 사랑은 호기심에서 발아되고, 불안감 속에서 웃자란다. 낯선 대상에 대한 새로운 관심이 사랑이란 감정을 불러오고, 그 사랑을 놓칠세라 동동거리는 조바심이 더욱 열렬히 상대에게 빠져들게 만든다. 그러나 그것은 반드시 사그라지는 불꽃이다.

만남은 운명이지만 헤어짐은 의지라고 했던가. 5년 넘게 우린 충분히 사랑했다. 그리고 이별을 위해 다시 이 강둑에 마주 섰다. 시작부터 끝까지 함께한 안도감이 서로를 편히 바라볼 수 있게 했다. 두 손을 꼭 잡고 완주完走한 마라토너처럼.

사랑에게 시간은 독이다. 익숙함과 편안함은 따뜻한 물에 얼음 풀리듯 사랑을 녹여냈다. 언제부턴가 나는 붙잡고 싶어 그의 곁에 있었던 것이 아니라 놓고 싶을 때를 기다리며 서성댔다. 둘이 만든 절절한 사연보다 만나지 않아야 하는 이유가 점점 더 뚜렷해져 갔다. 뜬금없이 세월이 고마웠다. 둘은 그걸 인정했다. 시간은 마음에 굳은살을 만들어주었다. 이젠 열정과 욕망이 다 빠져나가 바짝 마른 벽돌처럼 속살을 포개도 덤덤하다. 처음 만나 번지듯 온몸에 퍼졌던 떨림은 사라진 지 오래다. 간간이 떠올라도 이젠 피식 웃음으로 덮을 수 있다. 사랑은 왜 끝을 보고 난 뒤에야 서로에게 맞는 답을 주는지 생각할수록 절묘하다.

사랑이 두려운 것은 너무 쉽게 상해 미움의 밑거름이 된다는 점이다. 하지만 우리에겐 미움의 고통보다는 쥐었던 것이 빠져나가는 서운함이 전부다. 충분히 사랑했기에 소모할 그 무엇도 이젠 없다. 불이 꺼진 지 오래 되어 미지근한 난로처럼 이젠 살을 비벼도 상관없다. 델 정도로 뜨거웠던 열정이 기억 속에 가물가물, 아마득하다. 텅 빈 동굴 속처럼 휑하다

누구에게도 책임은 없다. 이익도 손해도 당연히 없다. 같이 타올랐던 사랑엔 후회 따윈 있을 수 없다. 둘이 찍은 사진 몇 장, 그 정도면 충분하다. 함께했던 모든 것들을 미련 없이 던져버렸다. 기억의 깊은 벽장 속으로 말이다. 그 속엔 또 다른 사랑의 화석들이 너덧 개나 나뒹굴고 있었다.

거센 바람도 일지 않았고 비도 내리지 않았다. 처음 만날 때처럼 각기 왔던 길을 되돌아갈 뿐이다. "행복했어. 고마워요. 그럼 안녕!" 돌아선 뒷모습을 자기가 좀 더 오래 지켜봐줄 수 있다고 우기며 서로 손을 흔들었다. 슬픈 음악도 없었다. 세상에서 가장 나쁜 이별은 때를 놓친 이별이다. 아무리 슬픈 이별도 힘겹게 잇는 사랑보단 훨씬 낫다.

한번도 미워해보지 않은 채 맞이하는 이별은 마치 저무는 해가 서산으로 사라지듯, 뜨거운 날 졸아드는 웅덩이의 물처럼 아주 천천히 완성되어 갔다.

허전함이 오히려 달콤한 편안함을 가져다주었다.

사랑은 지나가는 것. 온갖 상처와 흔적을 남길지라도 절대 머물지 않는 것. 그냥 그렇게 우뚝한 석탑처럼 오래도록 한자리에 남아 있지 않는 것.

혼자서도 잘해요

퇴직할 날이 멀지 않았다. 문득 아쉬운 마음도 들지만 인생의 한 매듭을 짓는다는 생각에 홀가분한 기분이다. 그러나 촘촘한 일과를 감당해왔던 직장 생활을 마감하려니 무엇보다도 남아돌 시간이 걱정이다. 그렇다고 '교사의 퇴직금은 먼저 본 사람이 임자'라는데 섣불리 새 일을 해보겠다는 것도 엄두가 나지 않고 그럴 생각도 없다. 이제는 그냥 여유라는 선물을 내 자신에게 주고 싶다. 퇴직을 하면 어떻게 지낼 거냐고 묻는 사람들에겐 젊은 시절 바빠서 미뤘던 일들을 찾아 천천히 해볼 생각이라고 말했다. 그러나 말은 덤덤히 했지만 특별한 취미도 없을뿐더러 게으른데다가 싫증이 특기인 나로서는 당장 머릿속에 짚이는 생각이 없다. 그저 글이나 씁네 하고 온종일 책상 앞에 똬리를 틀고 있을 판이지만 이마저도 분명 한계가 있을 테고, 여행을 다닌다 해도 서너 군데면 진력이 날 게 빤하니 주구장창 넘칠 시간을 대체 어쩌면 좋단 말인가. 아내는 벌써부터 집에 틀어박혀 지낼 내 걱정에 안절부절 근심이 태산이다.

“무슨 일이든 연습이 최선이에요. 혼자 하는 일은 처음엔 낯설고 힘들지만 자꾸 하다보면 오히려 편할 때가 있잖아요. 사람은 혼자 있어 외로운 게 아니라 혼자 있지 못해서 외롭다는 말은 당신도 잘 알지요?”

지난 토요일 아침이었다. 함께 식사를 마친 아내가 오늘은 자기가 볼일이 있어 외출을 해야 하니 진종일 집에만 있지 말고 근처 청계산이나 다녀오라며 내게 한 말이다. 혼자서 무슨 등산이냐며 툴툴대자 이미 깎아놓은 과일과 물병을 배낭에 꾸려주면서 아예 산 밑에서 점심까지 먹고 오면 좋겠다고 당부했다.

난 결정을 바로 하지 못한 채 쭈물거렸다. 그리고 곰곰이 돌이켜보니 그동안 혼자서 어딜 가본 적이 거의 없는 거였다. 평소 여행과 등산을 좋아한다고 떠들어댔지만 이날 입때껏 혼자서 여행을 떠나본 적도 없고 등산을 해본 일도 없다. 간다고 하면 의례히 직장 동료나 친구, 아니면 가족들과 함께 갔던 게 전부였다. 그뿐만이 아니다. 영화관도 찻집도 혼자서는 가지 못하는 게 나다. 상상만 해도 어질한 남의 시선과 그 어색함으로 시도조차 해본 일이 없다. 게다가 집안의 대소사마저도 늘 아내를 앞세우는 위인이니 오늘 아침 갑작스런 권유가 달갑지 않은 게 당연했다.

떨떠름한 기분을 누르고 등산을 시작한 건 오전 9시다. 혼자 가는 게 못내 서먹한 나는 사람이 뜸한 운중동에서 출발하기로 했다. 목표는 청계산 종주, 코스는 단순했다. 한 시간 가량 곧장 오르면 국사봉이고 거기서부터는 능선길이다. 등산로만 쭉 따라가면 이수봉과 석기봉, 그리고 만경대를 거쳐 매봉에 도착한다. 아마 두 시간은 족히 걸릴게다. 그곳에서 다시 내려가는데 한 시간을 더하면 계획한 시간과 얼추 맞다.

다잡은 마음으로 산행을 시작했다. 바쁠 게 없어 서둘진 않았다. 떠오르는 생각들을 푼푼히 궁리하면서 하늘도 쳐다보고 멀리 구름도 봤다. 새로 피는 꽃들 속에 구슬피 지는 꽃도 있었다. 남들은 올라가는데 내려가는 사람이 있듯이 말이다. 눈여겨보니 나처럼 혼자 온 사람도 꽤 많았다. 뛰다시피 내달리는 젊은이, 라디오로 유행가를 들으며 느긋하게 걷는 남자, 그리고 모자를 눌러쓴 채 천천히 내려오는 여자도 모두 혼자다. 어느덧 걸음이 산길에 익숙해지자 녹색의 풍광과 호젓함에 재미가 나름 쏠쏠했다.

정상을 눈앞에 두고는 숨이 턱에 찼다. 비 오듯 땀을 흘리며 도착한 국사봉은 사람들로 북적였다. 갈증 때문에 과일 생각이 간절했지만 혼자서 펼쳐 먹기가 계면쩍어 물을 마시곤 곧바로 출발했다. 산잔등을 타는 건 지루했다. 하지만 오르내림이 어김없어 마냥 호락호락하진 않았다. 지치고 출출했다. 중간 중간 막걸리 파는 곳이 있어 발길을 붙잡았지만 못난 주변머리에 선뜻 사 먹질 못하고 마른침만 삼키며 걸음을 재우쳤다.

마침내 매봉이다. 툭 터진 시야에 남산이 한눈에 들어온다. 잠깐 쉬면서 과일을 먹을까 싶었지만 또다시 접고 만다. 동행이 있으면 예사로울 일들이 혼자선 왜 이렇듯 엉기는 건지 알다 가도 모를 일이다.

바람이 불었다. 불현듯 지금 내 인생의 시점이 딱 이 매봉쯤이 아닐까 하는 생각이 들었다. 한때는 정해진 지점을 향해 정신없이 오를 때도 있었고 어느 땐 능선을 만나 갖가지 봉우리들을 넘고 또 비켜가면서 쉼 없이 걸어오지 않았던가. 그리고 도달한 이곳, 이젠 기꺼이 하산을 준비해야 한다. 갑자기 어깨가 무겁고 다리가 뻐근하다. 원래 산은 오를 때보다 내려갈 때가 더 힘들고 위험하다지 않던가? 부디 넘어지지 말고 주저앉지도 않으며 차근차근 잘 내려가야 한다. 다시금 다리에 힘을 주며 호기롭게 일어섰다.

산 밑은 하산한 사람들로 복대기를 쳤다. 음식점마다 틀어놓은 음악소리가 뒤엉켜 정신이 없다. 난 비록 가져갔던 과일과 막걸리는 못 먹고 내려왔지만 홀로 한 첫 산행이 대견스러워 어깨가 으쓱했다.

이때 문득 오래 전 TV에서 보았던 어린이 프로 〈혼자서도 잘해요〉가 머릿속에 떠올랐다. 너덧 살 먹은 아이가 혼자 나와 이불도 개키고 옷도 입으며 밥도 먹는 모습을 방영해 아이들의 바른 습관을 가르치는 프로였다. 그런데 오늘 느닷없이 그 아이의 모습에 내가 겹쳐 보이는 건 대체 무슨 일일까? 그건 아마 이제부턴 아무리 힘들어도 반드시 혼자, 또 아무리 서툴러도 기어이 내 힘으로 무슨 일이든 해내야 한다는 자기 암시는 아닐는지.

난 주먹을 꽉 쥐며 가장 붐비는 식당을 찾아 들어가 막걸리를 시켰다. 그리고 커다란 그릇에 시원한 막걸리를 하나 가득 따른 후, 혼자서도 잘할 수 있는 나를 위해 위풍당당 축배를 들었다.

●

시루떡과 개량한복

"막 쪄낸 시루떡을 그렇게 먹고 싶어했어요. 잔뜩 해다놨는데 단 한 입도 먹어보지 못한 채 가버리고 말았네요. 먹고 싶달 때 실컷 먹여볼 걸 화까지 내며 말렸으니 후회막급이에요. 선배! 나 이제 어떻게 살죠? 참 기가 막히네요." 부인이 사망했다는 후배의 소식을 전해 듣고, 걱정이 돼 걸어본 전화기에서 쏟아진 그의 넋두리였다. 웬 시루떡 타령인가 싶어 의아했지만 남은 가족의 안부를 묻는 내 말에도 아랑곳하지 않고 "앞으로 제가 어떻게 시루떡을 먹겠어요. 살지 못할 것을 뻔히 알면서도 너무 모질게 굴었나 봐요. 그깟 시루떡 맘껏 먹게 했다면, 지금 이렇게 맘이 절이지 않을 텐데…. 불쌍해서 미칠 것 같아요." 회한의 눈물이 배어 있는 축축한 목소리로 후배는 실성한 듯 시루떡 푸념을 그치지 않았다.

그의 아내는 폐암으로 이태 넘게 투병을 해왔다. 이미 전이가 심해 절망적이라고 우린 알고 있는데, 얼마 전 그는 새로운 수술법이 개발돼 희망이 있다고 주먹까지 부르쥐며 말을 했었다. 그러나 그의 간절한 기대와는 달리 그녀는 수술을 마친 후 깨어나지 못하고 끝내 숨을 거두고만 거였다.

후텁지근한 여름날 저녁, 두 딸과 함께 지키는 상청喪廳은 적막했다. 문상을 마친 나를 무지근히 바라보며 입을 앙다문 채 슬픔을 누르던 그도 솟구치는 눈물만은 감당이 안 되는지 손등으로 연신 훔쳐대고 있었다. 평소 유난히 다정했던 그의 아내는 영정 사진 속에서 환하게 웃고 있었다. '이번 가을 당신 생일까지만 살아 있으면 좋겠어요. 번듯한 생일상이야 욕심이라 해도 국이나마 손수 끓여주면 좋을 텐데….' 항암치료가 너무 힘들어 잠시 퇴원해 집에 있을 때 그의 아내는 자주 이렇게 말했다고 한다. 그때쯤엔 이미 무얼 먹어도 삼키질 못해 야윌 대로 야윈 몸에 기침까지 깊어져 오히려 보는 사람이 더 못 견딜 지경이었다. 그럼에도 종종 따뜻한 시루떡이 꼭 한번 먹고 싶다고 애처럼 조를 때가 있어 가족들을 안타깝게 만들었단다. '알았어! 수술이 끝나면 꼭 해다 줄게. 그때까지만 좀 참아요. 죽도 못 넘기는 사람이 떡은…' 하고 어르면 목을 길게 뺀 채 하릴없이 돌아누웠다고 하니 말끝마다 목이 메는 그의 심정이 충분히 이해가고 남았다.

유독 금슬이 좋았던 후배는 때와 장소를 가리지 않고 노상 아내자랑을 늘어지게 하는 보기 드문 사람이었다. '아따! 누군 마누라가 없나 원! 또 그 소리!' 사람들이 기겁을 하며 손사래를 쳐댔지만, "살아볼수록 아내가 고맙고 또 미안해요. 없는 살림에 애들 키우고 꼼꼼히 내 뒷바라지했던 걸 생각하면 평생 갚아도 그 공엔 미치지 못할 거예요. 퇴근해 집에 가면 저녁때까지 시장할 거라며 흰 떡도 구워주고 부침개도 부쳐 주는데 그 맛보다도 아내의 맘씨가 정말 고맙다니까요. 후년까지는 두 딸의 등을 밀어서라도 시집 보내고 함께 운동도 하고 여행도 다니며 재미있게 살 거예요." 남의 원성도 개의치 않고 떠들어댈 때는 팔불출 모습이었지만 진심이 그대로 묻어나는 순박한 사람이었다. 그런데 쉰 중반에 덜컥 이런 일을 겪게 되다니 참담하기 그지없는 일이었다.

세월은 속절없었다. 무덥고 지루했던 여름이 가고 가을이 왔다. 휑하니 부는 바람이 떨어진 나뭇잎들을 이리저리 몰고 다녔다. 문득 이 썰렁한 계절을 온몸으로 느낄 후배의 모습이 맘에 걸려 저녁식사나 하자고 약속을 잡았다.

그는 나보다 조금 늦게 도착했다. 서둘러 들어오는 그를 나는 언뜻 알아보질 못했다. 한번도 본 적이 없는 한복을 입고 나타났기 때문이었다. 소위 요즘 유행하는 개량한복이었다. 조금 헐렁한 듯 품이 넉넉한 황토색 옷은 수척해진 그의 모습과 그런 대로 잘 어울렸다. 악수를 하며 웬 거냐는 내 물음에 "아내가 해준 생일선물이에요. 첨엔 쳐다보지도 못하겠더니 이젠 고맙게 잘 입고 다녀요. 제가 전부터 이런 옷을 입고 싶어 했거든요. 그런데 집사람이 나이 들어 보인다며 한사코 마다했었지요. 입으니 저는 편한데 남들 보긴 어떤지 모르겠네요" 하며 계면쩍어했다.

경황 중에 아내를 떠나보내고 49재를 지낸 후였다고 했다. 아내의 부재를 현실로 받아들이지 않을 수 없을 무렵, 두 딸과 함께 장롱 속 아내 옷가지를 정리했다고 한다. 하나하나 아내의 체취가 묻어나는 옷들을 종류대로 나누고 있는데, 갑자기 작은딸이 "이게 뭐지? 아빠 거 같은데…" 하며 이 옷을 불쑥 내밀더라는 거였다. 도무지 영문을 알 수 없어 어리둥절해하며 옷을 살피고 있을 때, 윗옷 주머니에 무엇인가 만져져 꺼내보니 아내의 짧은 편지가 들어 있었다고 했다. 그가 건넨 작은 종이엔 다음과 같은 글이 또박또박 씌어져 있었다.

〈여보! 먼저 가서 미안해요! 당신 생일까지 내가 살면 좋으련만 이젠 자신이 없네요. 그래서 언니한테 부탁해 이 옷을 준비했어요. 제가 드리는 생일선물이에요. 부디 힘내세요. 그리고 딸들 잘 부탁해요. 사랑해요. 안녕!〉

자신의 죽음을 예감하며 이 글을 썼을 그녀의 모습이 떠오르자 나는 그만 눈물이 주르륵 흘렀다. "끝끝내 시루떡 한 조각 먹이지 못한 놈이 선물이랍시고 이 옷을 입고 다니니 참 뻔뻔하지요. 울지 마세요. 딸들이 가엾지 전 견딜 만해요." 그는 억지 미소를 지으며 내 손을 잡았다. 어쩌겠는가? 입술을 깨물고라도 이겨내야지. 나도 그의 손을 꽉 쥐었다.

산은 넘고 물은 건너며 사는 게 인생일진대 겪지 못할 슬픔이 어디 있겠는가! 송곳 끝같이 뾰족한 여름 햇살도 툭하고 떨어지는 오동잎 하나에 숙지고 말듯이 뻐저린 상처도 세월에 씻기면 차츰 옅어지는 게 이치 아니던가. 삶은 극복하는 것이 아니라 그저 견디는 거라며 나는 그의 등을 한참이나 도닥여주었다.

●

젊음을 할퀴다

우연히 보게 된 그림에서 눈을 떼지 못했다.

어두침침한 동굴 속, 젊고 아름다운 여인이 얼굴을 살짝 돌리며 당혹스런 표정으로 서 있다. 바위에 걸터앉은 시간의 신 '크로노스'가 오른손엔 모래시계를 거머쥔 채 왼손으로 그녀를 지목하자 옆에 있던 노파는 지팡이에 의지해 굽은 등을 펴며 갈고리 같은 손가락으로 주저없이 그 여인의 얼굴을 할퀴려한다. 앙상하게 드러난 노파의 쇄골과 거칠게 주름진 손마디는 피할 수 없이 달려드는 공포처럼 전율을 자아냈다.

얼마 전 배달된 한 은행 사보에 실린 이탈리아 화가 폼페오 바토니 Pompeo Girolamo Batoni(1708~1787)의 그림 Time Orders Old Age To Destory Beauty 속 내용이다. 12월 송년호라 '끝'이라는 주제로 특집을 꾸몄는데 이 그림을 소개함으로써 끝을 향해 내달리는 젊음을 얘기하고 있었다.

시간은 양면성을 지닌다. 세상 모든 것의 탄생과 성장에 기여할 때는 느긋하게 기다려주는 너그러운 표정이지만 그 정점을 찍고 나면 가차 없이 쇠락의 구렁텅이로 내몰아 결국엔 소멸에 이르게 하는 매몰찬 모습으로 바뀐다. 이게 바로 시간의 두 얼굴이다. 탱탱한 탄력과 눈부신 윤기로 젊음을 치장해주던 관대함이 나중엔 돌변해 그것을 갉아먹어 기어이 송두리째 허물고 마는 것이다. 가히 그 심술이 무섭고 잔인하다.

하지만 외면할 수도 없고 피할 수는 더욱 없다. 도망치면 칠수록 더 빨리 다가드는 사나운 파도처럼 휘몰아친다. 어린 시절엔 반나절도 영원처럼 길지만 나이가 들면 십 년도 눈 깜빡할 사이에 흘러가지 않던가.

그러니 이 괴물을 어쩌겠는가. 할퀴면 할퀴는 대로 손 놓고 당할 수밖에. 세상에 누가 세월과 싸워 이길 것이며 차츰 사위는 젊음에 속 태우지 않을 수 있단 말인가. 늙음은 살아온 만큼의 지혜가 더해지는 거라고 으스대봐야 공허하기 짝이 없고, 살아낸 것만으로도 늙음은 귀한 거라고 젠체해 봐도 다 부질없는 일이다. 어느 날 문득 저지르기 주저하는 낯선 노인을 거울 속에서 만나 그 자리에 털썩 주저앉고 마는 것이 인생 아니던가.

조선시대 성리학자 김창흡(1653~1722)은 늙어서 이가 빠지자 그 동안 나이에 맞지 않게 살아온 자신을 반성하며 그 소회를 「낙치설落齒說」에서 소상하게 밝혔다.

"이가 빠져 얼굴이 일그러졌으니 조용히 들어앉아 있어야 하고, 말소리가 새니 침묵을 지키는 것이 좋고, 고기를 씹기 어려우니 부드러운 음식을 먹어야 하고, 글 읽는 소리가 낭랑하지 못하니 그냥 마음속으로나 읽어야 할 것 같다.

조용히 들어앉아 있으면 정신이 안정되고, 말을 함부로 하지 않으면 허물이 적을 것이며, 부드러운 음식만 먹으면 오래 사는 복을 누릴 것이다. 그리고 마음속으로 글을 읽으면 조용한 가운데 인생의 도를 터득할 수 있을 터이니, 그 손익을 따져본다면 이로움이 도리어 많지 않겠는가? 그러니 늙음을 잊고 함부로 행동하는 자는 경망스런 사람이다. 그렇다고 늙음을 한탄하며 슬퍼하는 자는 속된 사람이다. 경망스럽지도 않고 속되지도 않으려면 늙음을 편하게 받아들여야 하는데 그것은 여유를 가지고 쉬면서 마음 내키는 대로 자유롭게 사는 것이다.

이리하여 담담한 마음으로 세상을 조화롭게 살다가, 아무 미련 없이 죽음을 맞이해야 한다. 그리고 눈으로 보는 감각의 세계에서 벗어나, 일찍 죽는 것과 오래 사는 것이 서로 다르지 않다는 생각을 가지게 된다면, 그것이 곧 인생을 즐겁게 사는 길이며, 근심을 떨쳐 버리는 방법이 될 것이다."

생주이멸生住異滅의 준엄한 이치를 자연스레 받아들여 인생을 후회 없이 마감해야 한다는 다부진 충고가 죽비 소리처럼 귀에 쟁쟁하다.

시간은 분명 젊음에겐 공포다. '크로노스'의 손가락질이 있든 없든 세월의 파괴력은 젊음의 모든 것을 앗아갈 것이고, 그 빈자리엔 뒤를 흘끔거리며 노을 속으로 발걸음을 옮기는 늙은이가 서성댈 것이다.

시간에 깎기며 졸아드는 것은 서글프다. 늘어지는 피부, 처지는 눈꺼풀, 이중 턱과 삼단 복부, 구부정한 허리와 허옇게 센 머리털, 어느 것 하나 내세울 게 없다. 그것뿐이랴. 눈은 흐려져 시야는 좁아지고 쓸데없이 고집은 세지며 분별력은 떨어지고 낯가죽은 두꺼워지니 '양잿물을 먹고는 속일 수 있어도 나이를 먹고는 속일 수 없다'는 말이 바늘 끝처럼 따끔거린다.

나이가 들어간다는 것은 혼자서 감당해야 할 일이다. 그 소멸의 아픔을 고스란히 받아들이고 참아내는 것이다. 점점 엷어지는 젊음의 흔적을 애처롭게 지키며 세월과 맞서다 부서진 청춘의 조각들을 이리저리 맞춰보며 입술을 꽉 깨무는 일이다.

잠시 머물렀던 나의 젊음이여! 부디 잘 가라!

보낼 수밖에 없음이 뼈아프지만 허공을 향해 기꺼이 두 손을 흔든다. 지금도 시간은 살천스레 흐르고 있다.

살아야 하니까

"교수님! 쉰 살이 넘어도 사랑은 존재할까요?" 20대 초반의 젊은 제자가 재미삼아 던진 질문에 "당연하지! 스무 살엔 스무 살의 사랑이 있고, 쉰에는 쉰의 사랑이 있지 않겠어?" 그는 울컥 치미는 불쾌감을 억지로 누르며 대답을 했다고 한다. 하지만 그 학생은 '이게 무슨 흰소리지?'라는 표정으로 입을 삐죽 내밀며 자리에 앉더라고 했다. "철딱서니 없는 자식! 사랑에 나이가 무슨 상관이야? 나이 들면 밥 안 먹고 사나!" 마치 사랑은 20대의 전유물인 듯 우쭐대던 학생의 말이 가당찮은지 그의 목소리는 뾰족했다.

그와 난 40년이 넘도록 가깝게 지내는 고등학교 동창이다. 대학에선 심리학을 전공했는데 난데없이 일간지 기자를 몇 년 하더니 공부를 좀 더 해보겠다며 독일로 유학을 떠났었다. 그리고 한 10년쯤 지났을까. 거기서 만난 아내와 함께 두 살배기 딸을 데리고 귀국했다. 그리곤 곧바로 서울 근교 대학에 자리를 잡더니 숲속에 아담한 나무집을 짓고 동화 속 주인공처럼 살았다. "우린 요즘 너무 행복해요! 아침보다 저녁이, 저녁보다 그 담날 아침이 더 좋으니 분명 행복한 거 맞죠?" 뜰에 낙엽이 진다고 불러 모은 친구들에게 그의 아내는 달뜬 목소리로 말했다. 그리고 그날이 마침 한국에 와서 낳은 아들의 첫돌이라고 애를 번갈아 안으며 기뻐했다. 부부가 모두 찬찬한 성격이지만 유머러스했고 남달리 성실했지만 여유가 있어 주변을 편하게 만들었다. 유쾌한 그들의 성격 때문인지 10여 년의 공백은 금방 메워지고 철따라 풍광이 달라지는 그의 집에서 우린 스스럼없이 자주 만났다.

하지만 마냥 평온한 삶은 없는가 보다. 5년 전 교통사고로 아내를 잃어버린 그는 상상할 수 없을 만큼 처절하게 무너져 내렸다. "그 사람은 내게 전부였어! 천지에 혼자 남겨진 것처럼 살 일이 너무 아마득해. 하루에도 열두 번씩 죽고 싶은 맘뿐이야!" 장례를 치르고 얼마 안 돼 찾아간 나에게 그는 눈물을 그렁그렁 매단 채 소리쳤다. 집안 구석구석에는 아직도 하얀 이를 내보이며 윗몸을 뒤로 젖히고 웃던 안주인의 흔적이 고스란히 남아 있었다. 이사를 하는 게 좋지 않겠냐는 나의 권유를 그는 완강히 마다했다. 그리곤 과거로부터 한 발짝도 빠져나오지 못한 채 학교와 집만을 오가며 끝없이 가라앉고 있었다. 무던했던 그의 성품이 오히려 더 견고한 벽을 세상과 쌓게 했다.

세월은 속절없이 흘렀다. 지난 5년, 그의 가족은 적절히 역할을 분담하며 아내와 엄마의 빈자리를 용케 버텨냈다. 엄마를 보낼 당시 대학 1학년이던 딸은 졸업하자마자 은행에 취직해 사회인이 됐고, 고등학교

2학년이던 아들은 대학을 다니다 입대해 군복무 중이다. 이제 그는 엄마의 부재를 받아들이며 차츰 각자의 생활에 익숙해져가는 아이들을 보면서도 가슴에 이는 휑한 바람을 막을 수가 없었다. 그저 산허리에 홀로 서 있는 고사목처럼 자신을 고스란히 세월에 맡긴 채 서서히 말라가는 듯했다. 새벽같이 출근해 밤 늦게 돌아오는 딸과 두어 달에 한번씩 외박을 나오는 아들의 빈방은 외로움이 고이는 깊은 동굴이었다.

"이제 애들도 다 컸으니 사람 한번 만나보는 게 어때?" 주변의 진심어린 염려를 귓등으로 듣던 그가 이 지옥을 빠져나올 수 있었던 것은 또 다른 사랑을 만나고 나서였다. 올 봄이었다. "왜 좋으냐고 물으면 어떤 이유도 생각나지 않는 사람을 만났어. 그냥 날 웃게 만들고, 존중해주고, 기분 상하지 않게 하고, 현명하고, 정직하고 그러나 언제나 날 떨리게 만드는…." 뭐 더 좋은 말이 없나 싶어 골몰하는 표정으로 그는 말을 계속했다. "내가 자주 다니는 책방주인이야. 근데 참 희한하지! 아직도 내 마음속에 문득 화살처럼 꽂히는 사랑이 숨어 있었다니 말이야! 내가 과연 먼저 간 아내처럼 그녀를 온전히 사랑할 수 있을까?" 그는 윗입술에 약한 경련을 일으키며 내 대답을 기다렸다.

"해선 안 되는 사랑은 없다고 하잖아! 사랑이 어디 자기 뜻대로 되는 건가? 어쨌든 잘된 일이네. 무참히 허물어지고 형편없이 망가져도 사랑은 여전히 절망 같지만 희망인 것을 너도 잘 알고 있지?" 그는 나의 시선을 슬쩍 피하며 말을 받았다.

"알아! 사랑이 털고 나간 자리는 차라리 형극이었어. 비명조차 지를 수 없는 나락이었다고. 그래선지 그녀를 처음 본 순간 '살아야 하니까'라는 생각이 번뜩 들더라고. 그때까지도 내 삶은 정말 죽을 맛이었거든. 그리고 함께 떠오른 생각이 아내와의 이별은 슬퍼하되 부정하진 말자였어. 왜냐하면 그 흙터에서만 다시 움틀 수 있는 게 사랑이니까. 지금 이 순간 이렇듯 마음을 종잡지 못하는 걸 보면 사랑이 찾아온 게 확실한가봐! 나 잘못하는 거 아니지?" 그는 한쪽 눈을 찡긋하며 내게 물었다.

"잘못하다니 그게 무슨 소리야! 떠난 사랑의 아픔은 결국 또 다른 사랑으로 극복해야 해. 땅에서 넘어진 사람이 그 땅을 짚고 일어서는 것처럼 말이야." 나는 그의 어깨를 도닥이며 말을 이었다.

"실연의 독한 아픔을 겪던 사람도 새로운 사랑 앞에서 그 모든 악몽을 말끔히 잊고 말잖아. 그리고 다시금 굳게 믿지. 바로 이 사람을 만나기 위해 그 사람이 떠난 거라고! 이 사랑이야말로 내겐 또 다시 진짜라고! 아마 그래서 사랑은 항상 눈부신 환상이었다가 늘 절절한 아픔이 되는 것 아니겠어." 내 이야기를 듣던 그는 간간히 고개를 끄덕였다.

그는 조금씩 달라졌다. 그녀와 같이하는 시간이 늘어나면서 얼굴엔 화색이 돌고 몸짓도 훨씬 가벼워졌다. 여름이 끝나갈 즈음, 그는 곧 결혼할 생각이라고 말했다. 그리고 한참 동안 이런저런 얘기를 주고받다가 갑자기 "그 망할 자식! 내가 학점을 주나봐라. 그 녀석은 내년에 재수강이야. 사랑이 뭔지도 모르는 녀석이 까불긴." 그는 아직도 강의시간에 오십대 사랑을 운운했던 제자의 말이 고까운지 앙큼한 복수의 칼을 내보이며 득의양양 웃어재꼈다. 사람은 숨이 다해 죽는 것이 아니라 아무도 가슴속에 품지 않으면 그제야 죽는 거란 말이 참인 듯 다가왔다. 사랑은 정말 불가해한 것인가!

휘청거리는 가을

찬바람이 스멀스멀 옷깃을 파고드는 늦은 가을, 대구행 열차에 몸을 실었다.

이게 도대체 얼마만이던가? 홀로 기차를 타고 여행을 한다는 것이 말이다. 결혼 전엔 공연한 객기로 여기저기 혼자 떠돈 적이 있었지만 직장을 잡고 곧바로 처성자옥妻城子獄에 갇힌 후로는 감히 엄두도 낼 수 없는 일이었다.

"요즘도 많이 바쁜가? 한번 다녀가면 좋을 텐데. 여긴 추수가 끝나 한가하고 끝물 가을 풍광이 아직은 볼 만하다네. 억지로라도 짬을 내 왔다가면 고맙겠네." 덤덤히 하는 말 같지만 반년 전부터 아내와 별거한 채 혼자 지내는 친구의 말 속엔 간절함이 묻어 있었다.

만 육십에 퇴직을 하고 이삼 년 더 근무할 곳을 찾아보겠다던 그가 모든 걸 접고 고향으로 내려간 것이 지지난해 가을이었다. 하나밖에 없던 딸을 출가시켜 단출했던 부부가 홀가분하게 시작한 전원생활이었다.

넓은 터에 아담하게 지은 집도 탐이 났지만 무엇보다 부러운 것은 넉넉한 그의 경제력이었다. 알뜰하게 모아 산 서울 아파트와 번듯한 건물은 든든하기 짝이 없고, 고향 근처에 작지 않은 임야와 유명 리조트 회원권을 서너 개나 갖고 있어 나머지 그의 삶은 곧게 뻗은 큰길이었다.

대구에 도착한 것은 점심때였다. 차를 가지고 마중 나온 그를 보자 나는 그만 콧등이 시큰해졌다. 언뜻 알아보기 힘들 만큼 심하게 야윈 그는 앓다 나온 사람처럼 푸석푸석한 얼굴에 생기가 전혀 없었다.

"육 개월 동안 몸무게가 14kg이나 빠졌어. 헌데 마르는 건 둘째 문제야! 도통 밤에 잠을 잘 수가 없으니 그게 더 큰 걱정이라네." 퀭하게 꺼진 눈엔 병색마저 감돌았다.

"네가 이런 걸 집사람이 알고는 있는 거야? 대체 이혼은 무슨 소리며 다 늦게 별거는 또 무슨 짓이냐?" 역 근처 식당에 들어서자마자 서둘러 묻는 내 말에 그는 자신도 답답하다며 울상이 된 채 입을 열었다.

"난 아무 잘못 없네. 하루아침에 딴사람이 돼가지고 저렇듯 까탈을 부리니 도무지 감당할 수가 있어야지. 젊어서부터 나이 들면 시골에 가 살자고 먼저 말했던 사람인데 이제 와서 왜 자기와 상의도 없이 덜컥 내려왔냐고 다그치는데 환장하겠더라고. 왜 상의를 안 했겠나? 땅을 살 때부터 얘기를 했지만 그땐 건성건성 듣다가 막상 내려와서 한 일 년쯤 살아보니 제 생각과 너무 달랐던 게야. 좀 더 궁리하고 결정했어야 하는데 내가 서두는 바람에 정신없이 끌려온 거라니 할 말이 없더군.

게다가 아직은 오라는 곳도 있는데 좀 더 직장엘 다니지 왜 손을 놔버리는지 모르겠다며 걸핏하면 시비를 건다네. 실은 사업하는 사촌처남이 이삼 년만 도와달라고 요청한 적이 있었거든. 근데 나도 스물일곱에 시작한 직장생활이라네. 자네도 알다시피 만 34년을 한눈 한번 팔지 않고 가족을 위해 죽도록 헌신했고 이만큼 일궈놨으면 된 거 아닌가? 환갑을 지내고 보니 한해 한해가 새롭고 심지어 아깝기까지 한 거야. 그렇다고 뭐 굉장한 일을 하겠다는 것은 아니네만 이젠 오롯이 나만을 위해 살아보고 싶다는데 그걸 이해 못하고 빈둥대는 게 보기 싫다고 타박을 하면 난 어쩌란 말인가.

그건 그렇고 애초에 싸움을 하게 된 빌미가 뭔 줄 아나? 서울에서 타던 차를 없애고 소형차를 샀는데 그게 싫다는 거야. 이젠 나이도 있고 그럴 만한 여유도 있는데 왜 그렇게 궁상을 떨며 사냐고 펄펄 뛰는데 난리도 아니었다네. 갑자기 왜 그렇게 변하는지…. 평생 아끼고 검소하게 살았던 사람인데 도무지 이해를 할 수가 없더라고. 농촌에 살면서 좋은 차가 왜 필요하냐고 물으니까 생뚱맞게 자기도 이젠 좋은 차 탈 자격이 충분하다며 떠들어대는데 마치 절벽과 마주 선 것 같더라니까. 좋은 차 탈 자격이 대체 뭔지 자넨 아나?

그뿐만이 아니네. 달랑 딸 하나 나서 기른 게 무슨 큰 위세라고 툭하면 고생 운운하는데 어이가 없다네. 우리 어머닌 서른아홉에 혼자 돼서 육남매를 기른 분이었다네. 그런데도 자식 때문에 고생했다는 말은 단 한번도 해본 적이 없는 분이셨네.

그런데 그런 어머니가 기동이 불편해 한 삼 년 우리 집에 와 계실 때였는데, 느닷없이 붓글씨를 배우러 다니겠다니 선뜩 허락할 수 있었겠나? 그걸 가지고 아직까지 모자母子가 똑같아서 그랬다며 노랠 불러대니 어디까지 이해를 해야 하는지 나 원 참!" 그는 주문한 국밥엔 손도 대지 않은 채 일러바치듯 늘어놓던 말을 겨우 거뒀다.

"참 어지간도 하네. 자넨 흉이 전혀 없는 사람 같구먼. 원래 부부란 '당신 덕분에'로 시작해 '당신 때문에'로 바뀌며 사는 거라지 않던가? 어쨌든 아내는 남편이 만든다는 걸 명심하고 집사람 탓일랑 제발 그만하게. 그 양반 정도면 어디 가서 쉽게 찾기 힘든 사람일세. 더 늦기 전에 엉킨 실타래나 빨리 풀도록 해! 이 한심한 친구야! 이젠 죽었다 깨도 별 수 없지 않겠나?" 나는 꾸짖듯 그를 몰아붙였다.

"왜 내가 그걸 모르겠나. 없는 집 맏며느리로 들어와 뚝뚝한 시어머니 밑에서 시동생들 건사하고 헤프지 않게 살림해 이만큼 살게 한 것이 집사람 덕인 줄 잘 아네. 근데 이제 와서 뜬금없이 나이 먹은 게 억울하고 시도 때도 없이 허무하다니 낸들 어쩌란 말인가. 내 나이까지 제가 다 먹어준 것처럼 자꾸 종잡지 못할 소릴 하며 저러니 화가 치밀고 막막하다네. 남자들 가슴엔 뭐 찬바람이 안 인단 말인가? 그래도 아내를 동지 삼아 견디고 버티는 건데, 속 터지는 날 여기다 팽개쳐놓고 딸네 집에 얹혀 손주나 봐주며 사는 게 낫다고 고집을 부리니 어쩔 바를 모르겠네." 이야기를 하면 할수록 점점 더 뿌연 전쟁터였다.

집은 난장판이었다. 싱크대엔 먹은 그릇이 수북하고 소파 위엔 벗어놓은 옷들이 산더미였다. 한참을 개본 적 없는 이불은 거실 한쪽에 깔려 있는데 뽀얗게 먼지가 내려앉은 마룻바닥엔 화장실까지만 길이 나 있었다. 그날 밤, 두 남자는 결론 없는 이야기로 밤을 밝혔다. 문득 예전 사랑채에서 들리던 아버지의 강강했던 기침소리를, 안채의 크고 작은 일들을 일시에 평정하던 그 큰 천둥소리를 어슴푸레 기억하며 휘청거리는 우리의 노년을 애달파했다.

평일이어선지 서울로 올라가는 기차 안은 한산했다. 창밖을 무연히 바라보던 난 며칠 전 아내의 말이 떠올랐다. "내달 초에 동창들과 유럽여행 갔다올 건데 집에 혼자 있지 말고 대구 친구한테나 갔다 와요. 별거 중이라니 위로나 해줄 겸 말이에요." 달뜬 목소리였지만 나에겐 수락해야 할 통보처럼 들렸다. '그럼 난 누가 위로해줄 건데?'라고 중얼댔지만 속은 싸하게 아려왔다.

계절만큼 세월의 무상함을 정직하게 보여주는 게 또 있을까. 가을인가 싶더니 어느새 겨울의 문턱에 서 있다. 이제 곧 눈발이 흩날리고 텅 빈 벌판에는 깊은 정적만 무겁게 내려앉을 것이다.

황혼들 비탈에 서다

나이가 들면서 아내와 함께 하는 시간이 늘었다. 젊어서는 퇴근도 늦었지만 각종 모임과 빈번한 술자리로 집에선 잠만 자고 나가는 하숙생이었다.

지난 주 일요일이다. 진종일 집안 정리를 하던 아내가 이제 가을이 성큼 다가와 바람도 소슬하다며 집 근처 산으로 등산을 가자고 했다. 등산은 작년부터 우리 부부가 같이하는 취미인지라 준비를 하고 집을 나섰다. 사실 채비라야 수건과 물병 그리고 사과 두 개가 전부였다. 산 밑에 도착하니 오후 3시가 조금 넘었다. 막 시작되는 단풍으로 풍광은 그윽했지만 시간이 늦어선지 사람들이 뜸했다. 우리가 자주 다니는 한적한 샛길로 접어들자 앞서가는 부부 외에 다른 등산객은 없었다. 얼핏 보니 그들도 우리 또래쯤으로 보였다. 남편은 덩치가 크고 머리가 벗겨진 호인풍의 사내였고 아내는 반대로 마른 체구에 선한 눈매를 가진 여자였다. 수수하게 차린 모습에선 왠지 모를 교양과 겸소함이 배어 나왔다.

“이달부턴 백삼십만 원 가지고 살아야 해요. 큰애 집 살 때 받은 융자금 이자 팔십만 원은 이달부턴 우리가 감당해야 할 거예요. 애기가 없을 땐 자기들이 소리 없이 내더니 요즘엔 며늘애가 버겁다며 제 남편한테 툴툴대는가 봐요. 걔네들도 힘이 들어서 그럴 테지요. 그리고 입때 붓던 딸애 적금 칠십만 원도 계속 넣어야 되지 않겠어요? 남자네 쪽에선 내년 초쯤 날짜를 잡았으면 하던데 딸 여윌 일도 걱정이네요.”

우리보다 서너 걸음 앞에 가던 부인이 남편에게 하는 소리였다. 그 남자는 묵묵히 듣기만 할뿐 가타부타 말이 없었다.

“매달 들어오는 당신 연금 이백팔십만 원 중에 만져보지도 못하고 나가는 돈이 백오십이니 남는 돈에서 아파트 관리비 내고 기타 공과금과 당신 약값을 제하면 빠듯할 수밖에요. 그나마 작년까지 두 아이 학자금 융자는 모두 상환했으니 얼마나 다행인지 몰라요.”

계속되는 오르막에 쩔쩔매던 남편은 여전히 입을 다문 채 거친 숨을 몰아쉬며 길 옆 바위에 주저앉고 부인도 땀을 닦으며 걸음을 멈추었다. 잠시 쉬어갈 모양이었다. 우린 그들을 비껴 계속 걸어 올라갔다.

“저 사람들 얘기가 남의 말처럼 들리지 않네요. 학원이다 과외다 있는 돈 다 들여 겨우 대학엘 보내놓으면 이번엔 엄청난 등록금이 무거운 등짐이 되고, 어렵사리 졸업해 취직을 하고 나면 다음엔 결혼이 부모 목을 조르니 갈수록 태산이란 말이 이해가 가네요.” 아내는 심각한 듯 한숨 섞인 푸념을 늘어놓았다. 우리도 두 아이가 대학을 졸업하고 직장엘 다니고 있지만 결혼시킬 일이 아득하기만 하다. 무엇보다도 둘 다

사내애니 결혼하면 당장 전세금이라도 마련해줘야 하는데 요즘 그게 어디 말처럼 쉽단 말인가. 닥치면 다 방법이 생긴다지만 아이들 혼인 얘기가 나올 적마다 나도 묵묵부답 입을 다문 채 별 궁리를 다해보는 중이다.

우리나라 노인문제의 대부분은 빈곤이라고 한다. 그 원인이야 다양하겠지만 무엇보다도 두드러진 것은 자식들에 대한 지나친 교육열과 결혼 과소비가 주된 요인이 아닐까 싶다. 한국 부모들은 자녀의 교육과 결혼 준비에 모든 걸 쏟아붓기 때문에 정작 자신들의 노후대책은 아랑곳할 수가 없는 것이다. 게다가 청년 실업이 넘치는 이 시대엔 부모들의 자녀 양육기간이 한층 더 늘어나 등골은 더 많이 휘게 된다. 반면에 핵가족화는 빠르게 진행되어 노동력을 상실한 후에도 부양을 받기는 커녕 스스로를 책임져야 할 노인이 계속 늘어나 이 문제는 갈수록 더 심각해질 것이다. 통계청의 한국 사회동향 2011 보고서에 따르면, 자녀가 부모를 부양해야 한다고 응답한 비율이 1998년 89.9%에서 2010년 36%로 급격히 떨어졌다고 하니 경제적 능력이 감소하는 노인들이 점점 더 벼랑 끝으로 몰리는 것은 어쩌면 당연한 일인지 모른다.

문득 얼마 전에 들었던 이야기가 떠오른다. 대인관계가 좋아 늘 자신의 화려한 인맥을 자랑하던 사람이 퇴직 후, 쥐도 새도 모르게 잠적을 했다고 한다. 의당 가깝게 지내던 친구나 친지들은 그의 소식을 궁금해 했지만 아무도 아는 사람이 없었다. 나중에 알고 보니 그 부부는 자신들과 전혀 연고가 없는 한 외진 시골마을에 칩거하면서 누구와도 연락을 끊은 채 세상과 담을 쌓고 살았다는데 이유인 즉, 시도 때도 없이 날아오는 경조사비를 도저히 감당할 수가 없어 그런 선택을 할 수밖에 없었다고 한다. 참 서글픈 일이 아닐 수 없다. 평생 성실히 직장생활하면서 자식들에게 올인한 결과가 품위유지비조차 부담이 되는 처지를 만들고 말다니 우리 모두 다시금 생각해볼 문제는 아닐는지.

바야흐로 백세 장수시대다. 오래 사는 시대에는 몸의 건강만큼이나 마음의 건강이 중요하다. 사실 정신이 건강하지 못하면 육체적인 건강도 탈이 나게 마련이다. 마음이 건강하면 오래 살수록 즐겁고 감사하다. 그러나 마음이 괴롭고 우울하면 삶이 길어질수록 더 지옥 같고 힘들 뿐이다.

산은 높지 않지만 우린 팍팍한 다리를 끌며 정상에 도착했다. 때마침 가을해가 기울고 있다. 노을과 함께 곱게 물든 단풍이 기막힌 풍경을 만들고 있었다. 우리가 숨을 고르며 땀을 식히고 있을 무렵, 아까 만났던 부부도 꽤 지친 모습으로 올라왔다. 그리곤 황혼이 펼쳐놓은 장엄함에 탄성을 지르며 붉게 물든 서쪽 하늘을 바라보았다. 난 그들의 뒷모습이 오래 묵어 맛이 든 친구처럼 정겨웠다. 게다가 같은 시대를 더불어 견디며 비탈에 선 채, 함께 가을을 맞는 동병상련의 동지애마저 느껴졌다.

진홍빛 하늘이 어느덧 아슴아슴 잿빛으로 변해간다. 이제 하산을 서둘러야 한다. 남아야 할 것은 남고 사라질 것은 사라지는 계절, 가을이다.

그게 사랑이니까요

가족을 사랑하는 방법엔 여러 가지가 있어 '어떤 것이 가장 바람직하냐?'라는 질문에 선뜻 대답하기가 어렵다. 왜냐하면 당시 상황이나 처한 입장에 따라 늘 변할 수 있기 때문이다. 며칠 전, 신문에서 참담한 기사 하나를 접했다. 무심히 읽고 넘기기엔 너무 짠한 사연이 날카로운 칼끝이 되어 오래도록 가슴을 후벼댔다.

경기도 포천시 영북면의 한 주택 우사牛舍에서 일흔두 살의 김모 씨가 열두 살 난 외손자와 함께 숨진 채 발견됐다. 발견 당시 두 사람은 우사 기둥에 목을 매 숨진 상태였다. 현장에선 '가족들에게 미안하다. 먼저 간다. 모두 행복해졌으면 좋겠다. 사랑한다'라고 쓰인 유서가 발견됐다.

외손자는 선천성 뇌성마비 1급 장애인으로 혼자 걷는 것은 물론이거니와 밥 먹는 일조차 불가능할 정도였다. 하지만 김 씨는 외손자를 유난히 아끼고 사랑했다. 외손자가 태어난 뒤 김 씨는 그의 후견인을 자처하며 지극정성으로 보살폈다. 젖먹이일 땐 노상 등에 업고 있었고 조금 커선 자전거에 태우고 다니며, 먹이고 재우는 등 주변사람들이 혀를 내두를 만큼 갖은 노력을 다 기우렸다. 딸의 부부는 김 씨 집에서 차로 30분 거리에 살았는데 평소 주말이면 친정집에 와 묵고 간 것으로 알려졌다. 물론 주 중에는 김 씨가 하루도 빠짐없이 딸집을 찾아 외손자와 함께 지냈다. 그러면서도 장애아들을 돌보느라 고생하는 딸이 안타까워 몹시 애를 끓였다. 평소 아들의 분신처럼 살며 모든 일상을 함께하는 딸의 노고에도 불구하고 조금도 나아질 기미를 보이지 않는 외손자와 점점 지쳐가는 딸의 모습을 바라보는 일은 참기 힘든 고통이었다. 김 씨는 어떻게든 딸을 돕고 싶어했다.

사건 당일도 김 씨의 딸은 친정집 근처 교회에 가려고 아버지에게 아이를 맡긴 것으로 밝혀졌다. 당시 김 씨의 부인은 친척 결혼식에 가고 없어 집에는 김 씨와 외손자만 남아 있었다.

경찰 관계자는 "외손자 몸에 목을 맨 흔적 외에 별다른 외상이 없는 것으로 봐서 김 씨가 외손자를 먼저 숨지게 한 뒤 스스로 목숨을 끊은 것으로 추정된다"며 "장애인 외손자가 딸에게 끝내 짐이 될까봐 극단적 선택을 한 것 같다"고 말했다.

김 씨의 아들과 사위가 지키고 있는 빈소엔 하얀 국화꽃을 사이에 두고 김 씨와 외손자의 영정 사진이 나란히 걸려 있었다. "나를 위해 그토록 예뻐하던 손자와 함께 죽어야겠다고 마음먹기까지 아버지 마음이 오죽했겠느냐"며 한없이 오열하는 딸의 모습은 차마 볼 수가 없었다.

●

나는 이 기사를 보면서 딸과 손자를 똑같이 사랑했을 한 노인의 가슴 아픈 선택을 안타까워하며 근자近者에 종종 회자膾炙되는 뉴스 중, 치매에 걸린 부인을 간병하던 남편이 아내를 살해하고 자신도 자살했다는 사건을 함께 생각해보았다. 기력이 떨어져 더 이상 아내를 돌볼 수 없는 처지에 자식들에게 짐을 지울 수 없다는 스스로의 판단만으로 참혹한 일을 감행한 남편의 사연을 보며 과연 옳은 일인가를 생각해보지 않을 수가 없다.

이들은 통상 살인이라는 강력범죄의 가해자이면서도 '오죽했으면 그랬겠냐?'라는 동정심을 불러일으키는 게 사실이다. 하지만 그건 명백한 살인이고 그 이면에 '사랑하는 딸을 위해 내가 외손자를 데리고 간다'라든지 '치매 아내를 내가 끝까지 책임지겠다'라는 '자기희생적 책임감'과 '지나친 사랑'의 논리가 자리 잡고 있음이 분명하다. 그러나 이들의 책임감은 시대착오적이고 무모한 가부장적 책임감이며, 사랑 또한 지나쳐 다른 가족의 심중은 아랑곳하지 않고 마냥 빗나가 끝내 파괴적이 된 것은 아닐까 하는 생각이 든다.

무엇보다도 심각한 것은 인권에 대한 인식 자체가 결여되어 있다는 점이다. 이들이야말로 모든 인간은 존재 그 자체로서 소중하고 고귀하다는 사실, 아프고 장애가 있는 사람에게도 그것을 극복할 숨은 힘이 있다는 사실, 그리고 남편이나 조부모라 할지라도 한 사람의 생명을 마음대로 처분할 수는 없다는 사실을 인식하지 못하고 간과한 것은 아닐까? 한마디로 자기만의 잘못된 논리 속에 갇혀 사랑하는 사람에게 되돌릴 수 없는 폭력을 행사한 것은 아닌지 진지하게 살펴봐야 할 것이다.

물론 그들이 절망적 상황 속에서 어쩔 수 없이 내린 결정에 대해 이해도 동정도 하지 말자는 것은 아니다. 살다보면 절체절명의 입장에 내몰려 도저히 헤어나올 방법을 찾지 못해 전전긍긍할 때가 분명 있다. 그렇다고 내 것이 아닌 것마저 내가 맘대로 할 수 있다는 것은 결코 정당화될 수 없는 일이 아닌가.

우리 주변엔 장애인 자식의 성장잠재력을 믿으며 평생 묵묵히 자신을 희생하는 부모들도 많다. 그리고 그 결과 작고 보잘것없지만 나름대로의 성과에 감격하며 보람된 인생을 함께하는 가족들도 얼마든지 있다. 또 사고로 의식불명이 된 배우자들을 끝까지 돌보며 회생을 꿈꾸는 사람들의 훈훈한 이야기도 우리를 얼마나 흐뭇하게 만드는가.

문득 얼마 전, 중증 장애인의 어머니가 방송에서 한 말이 생각난다. "장애인의 가족은 매일 힘들고 모두 절망적일 거라는 생각은 편견이에요. 우리도 우리 가족만이 아는 삶의 기쁨이 있고, 비록 남들에게는 하찮아 보이겠지만 그때그때 주어지는 보람도 얼마든지 느끼고 있답니다. 당연히 어려운 일이 많지요. 그러나 힘들어도 참아야죠. 그게 사랑이니까요." 두고두고 고개가 끄덕여지는 말이다.

그렇다! 김 씨도 스스로를 옥죄던 '희생적 책임감'에서 벗어나 비극적 결단을 내리기 전, 자기를 위해 목숨을 버린 아버지로 인해 평생 지니고 살아야 될 딸의 죄의식과 장애인이지만 자기 속으로 난 자식의 죽음

앞에서 비통해 할 딸의 심정을 한번 더 깊이 생각했어야 되지 않았을까. 찾아보면 진정 사랑하는 방법이 분명 있었을 테니 말이다.

결혼의 민낯

친구의 딸이 이혼을 한단다. 결혼한 지가 고작 8개월 됐는데 어처구니가 없다. 시종 굳은 얼굴로 이야기를 하던 친구는 억장이 무너지는 듯 간간히 한숨을 내쉬었다. 남들이 어찌 그 심정을 속속들이 알겠느냐마는 자식 일에 부모 마음이 무엇이 다르겠나 싶어 저린 마음에 혀까지 차가며 사연을 들었다.

그의 딸은 당차고 똑똑해 유명 대학 정치과를 졸업하고 단번에 행정고시에 합격한 재원才媛이었다. 더욱이 인물까지 뛰어나 그는 늘 딸자랑을 입에 달고 다녔다. 그런데다가 결혼 상대자마저 대기업 임원의 둘째아들로 미국에서 유학하고 돌아와 격에 맞는 직장을 찾고 있는 중이라니 조건만 본다면 얼마나 이상적 결합이란 말인가? 결혼식 내내 하객들의 부러움은 그칠 줄 몰랐다.

"한 열흘쯤 됐을 거야. 저녁을 막 먹고 났는데 느닷없이 딸애가 들이닥치더니 당장 이혼을 하겠다고 난리를 치는 거야. 영문을 모르는 우리

내외는 어안이 벙벙할 따름이었지. 이유는 밝히지도 않은 채, 자신의 결정은 단호하니 설득하지 말아달라고 저렇게 생떼를 부리니 걱정이 이만저만이 아닐세. 더욱더 막막한 것은 사위한테 두어 번 전화를 걸어 봐도 꿀 먹은 벙어리처럼 도무지 입을 열지 않으니 장차 이 일을 어쩌면 좋단 말인가? 답답해 죽을 지경이네."

친구는 바짝 신경을 쓴 탓인지 입술까지 부르터 있었다. "아무리 그래도 짐작 가는 이유가 있을 테지. 어째서 그 애가 그런단 말인가?" 난 이해가 되지 않아 조심스레 물었다. "어제서야 겨우 제 엄마한테 말을 하는데, 신랑 녀석이 완전 무능력자라는 거야. 미국 유학도 제대로 했는지 의심스러울 뿐더러 직장 구하는 일은 물론, 매사에 적극성이 없는 게 참을 수 없다고 하더래. 그저 부모 돈이나 철없이 쓰고 다니며 결혼에 대한 어떤 책임감도 갖고 있지 않다니 못 견딜 노릇 아닌가? 시댁의 좋은 조건 때문에 그만 판단을 잘못했다니 난감할 뿐이네. 솔직히 말해 나도 무턱대고 딸의 등을 떠밀었으니 이제 와서 무슨 할 말이 있겠나." 죄지은 사람처럼 축 처진 목소리엔 기운이 없었다.

"이 사람아! 혹시 자네 딸이 너무 성급한 것은 아닐까? 취직이란 것이 원래 아무리 노력해도 시기가 맞지 않으면 좀 늦어질 수도 있는 거고 또 그럴 만한 사정이 있어도 아내에게 일일이 말하지 못해 능력 없이 보일 수도 있는 것 아닌가. 좀 참고 기다릴 줄도 알아야 하는데, 요즘 애들 똑똑은 해도 인내심은 정말 빵점이잖아!" 난 겨우 8개월 만에 이혼까지 들먹인다는 말에 어이가 없어 입바른 소릴 해버리고 말았다. 그리고 문득 그 딸의 결혼식 주례사를 친구에게 상기시키고 싶었다. 대개 주례사는 건성으로 듣기 십상이지만 그날 따라 앞자리에 앉게 된 나는 고개까지 끄덕이며 끝까지 경청했었다. 좀 장황하긴 했어도 예로 들은 일화逸話가 마음속 깊이 와 닿았다.

옛날 어느 왕이 크고 화려한 궁전을 지었다. 그 웅장한 건축물이 완성되어 갈 무렵, 왕은 건물 내부를 치장하기 위해 두 명의 조각가를 불렀다. 그리고 마주보고 있는 두 벽을 각각의 솜씨로 아름답게 꾸며줄 것을 청하며 충분한 말미를 주었다. 그런데 희한한 일이 벌어졌다. 한 사람은 곧바로 작업을 시작해 온갖 정성을 다하고 있는데 또 다른 사람은 온종일 벽면만 닦고 있는 거였다. 시간이 흐를수록 한쪽 벽은 아름다운 조각으로 점점 채워져갔고 다른 한쪽은 텅 빈 채 유리거울처럼 반들반들 윤이 나기 시작했다. 드디어 왕과 약속한 날이 돌아왔다. 많은 사람들이 모인 가운데 두 벽을 가리고 있던 휘장이 내려지자 누구도 예상치 못했던 놀라운 광경이 펼쳐졌다. 조각으로 꽉 찬 한쪽 벽은 과연 당대 최고 솜씨답게 휘황찬란한 모습을 드러냈다. 그러나 더더욱 경이로운 것은 그 조각을 그대로 비추고 있는 또 다른 벽의 눈부심이었다. 완벽하리 만큼 아름다운 조각 작품을 송두리째 되비춤으로써 생겨난 신비로운 모습은 형언할 수 없는 감동이었다. 자신을 드러내지 않고 은은하게 남의 것을 비추어 서로를 한층 더 빛나게 만든 그 조화로움은 세상 어디에서도 찾아볼 수 없는 것이었다. 사람들은 벌어진 입을 다물지 못한 채 감격을 금치 못했다.

비록 짧지만 뜻 깊은 이야기를 소개한 주례는 계속 말을 이었다. “부부란 이 얘기 속 두 조각가와 같아야 합니다. 서로의 기량을 뽐내며 각기 다른 조각을 만들기보다는 한쪽이 최선을 다해 작품을 만들고 있을 때, 그 장점과 아름다움이 온전히 드러날 수 있도록 마주 선 벽을 정성스럽게 닦는 지혜가 필요하다는 말입니다. 물론 그 지혜로운 행동 속에는 상대방에 대한 견고한 믿음과 애정 어린 기다림이 들어 있어야 하겠지요. 왜냐하면 수준 높은 작품은 공력 없이 아무나 만들 수 있는 것이 아니고 또 그 완성도 순식간에 되는 일이 아니니까요!”

주례는 부부야말로 신뢰를 바탕으로 서로를 배려하고 기다릴 줄 알아야 한다고 몇 번이나 에둘러 강조하고 있었다. 난 친구에게 그날의 주례사를 다시 거론하며 아직 설익어 서로 튕겨져 나가려는 딸의 부부가 결혼의 의미를 새롭게 깨달아 신뢰와 배려로 다시 묶일 수 있도록 도닥이고 타일러야 되지 않겠냐고 힘을 주어 말을 했다.

하지만 끝끝내 나를 씁쓸하게 만든 것은 장시간 딸의 결혼과 이혼을 이야기했음에도 불구하고 단 한번도 두 사람의 사랑은 언급되지 않았다는 점이다. 서로를 얼마나 사랑해서 결혼했으며 또 상대를 위해 어떤 노력을 했었는지에 대한 말은 일체 없었다.

과연 요즘 사람들이 생각하는 결혼엔 능력이나 조건에 비해 사랑의 순위가 이토록 밀려도 상관없단 말인가? 사랑이 때때로 위대해지는 건

완전해질 때가 아니라, 서로 불완전한 걸 당연하게 받아들일 때라고 하는데, 너나 나나 모두 완벽한 능력과 조건만을 따지고 물으니 더 이상 할 말이 없다. 그저 요사이 바짝 메마른 결혼세태의 민낯을 보며 가슴 속에 휑하니 부는 서늘한 바람을 느낄 뿐이다.

Part II

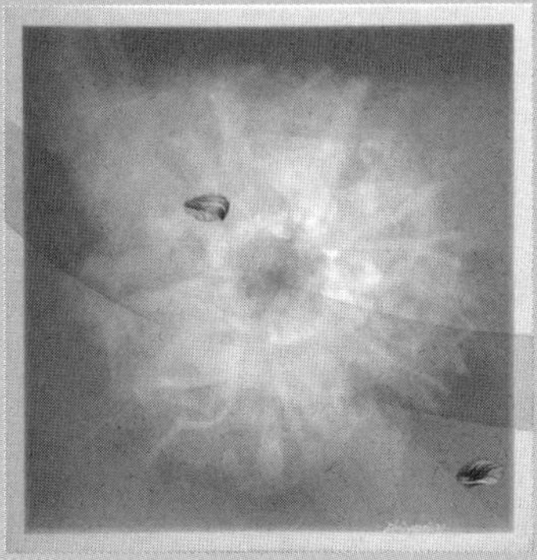

봄, 그 속을 걷다

- 밥이 지팡막대라
- 손이 만들고 가슴으로 나눈다
- 봄, 그 속을 걷다
- 나는 이렇게 들었다
- 시린 시대를 살다
- 달걀 한 판
- 어떤 선택
- 선택받은 나이
- 용서할 수 없다
- 가엾고 무심한 사람
- 터미널에서 생긴 일

밥이 지팡막대라

"이때쯤 여기 오면 무조건 꼬막을 먹어줘야 하는 거야! 벌교 꼬막은 참꼬막이라 값은 좀 비싸도 그 맛이 기가 막히거든!"

새벽에 서울을 출발해 광주光州에 도착, 볼거리 많은 담양과 화순에서 한나절을 보내고 어둑해질 무렵 보성 차밭까지 훑었으니 보통 빡빡한 일정이 아니었다. 일행 중 한 사람이 너무 지친다며 오늘은 보성서 쉬는 게 좋겠다고 했으나 손수 운전을 해가며 우릴 안내한 친구가 펄쩍 뛰었다. 여행에서 맛집 순례도 큰 재민데 여기까지 와서 무슨 소리냐며 굳이 벌교까지 가야 한다고 우기며 한 말이다. 배릿하지만 졸깃한 그 맛을 이미 잘 알고 있던 난 입에 고이는 침을 삼키며 가는 쪽으로 은근히 힘을 보탰다.

겨울 벌교는 꼬막 천지였다. 아닌 게 아니라 역 앞 시장엔 가게마다 자루에 든 꼬막이 산더미같이 쌓여 있고, 서너 집 건너 한 집이 꼬막음식점으로 진풍경을 이루었다.

주문한 꼬막정식은 남도밥상답게 반찬 가짓수로 우리를 압도했다. 그냥 삶아서 접시 가득 담겨 나온 꼬막을 시작으로 무침과 전煎 그리고 찌개 등 꼬막으로 만든 음식 예닐곱 가지와 젓갈을 비롯한 다양한 밑반찬이 한상 가득 차려졌다. 우린 그 푸짐함에 감탄하며 게걸스럽게 먹고 또 먹어댔다. 게다가 웃음과 버무려진 여행 일정을 안주 삼아 느긋하게 소주잔까지 기울이니 음식이 주는 포만감과 술 몇 잔의 여유로 꼬막철 벌교의 밤이 훈훈하게 깊어갔다.

"내일 아침은 '짱뚱어탕'이야! 벌교가 자랑하는 또 다른 별미거든. 아마 기대해도 좋을 거야." 간간하고 알큰한 꼬막 맛에 취해 즐거워하는 우릴 보며 그 친구는 내일 아침도 특별한 맛을 선보이겠다며 의기양양 우쭐댔다.

이튿날 아침. 낙안읍성과 송광사를 들러 서울까지 가야 할 우리는 채비를 서둘렀다. 하지만 겨울철 새벽은 아직 한밤중이었다. 아침식사를 위해 역 앞까지 나왔으나 문을 연 식당이 한 군데도 없었다. 유명하다는 짱뚱어탕을 먹기 위해 두드린 음식점도 하나같이 잠겨 있었고 시장사람들을 상대하는 해장국집마저도 이제야 막 장사 준비를 하는 거였다.

아쉽지만 '짱뚱어탕'은 다음 기회로 미루고, 가다가 아침을 해결하자고 의견을 모으고 있을 때였다. 역 앞 허름하고 작은 가게의 문이 열리며 왁자지껄 서너 사람이 나오는 거였다. 뿌옇게 김이 서려 안이 들여다보이지 않는 창문에는 '할매밥집'이란 네 글자가 세로로 쓰여 있었다.

그 고장 사람들만이 알 수 있는 초라하기 그지없는 작은 밥집이었다.

"모 아니면 도일 수 있지만, 시장통에 저런 집이 의외로 맛집일 수 있어." 우린 나름 기대를 하면서 들어갔다. 두어 평 남짓한 가게에는 낡은 탁자 세 개가 고작이었다. 그리고 할매가 서있는 비좁은 부엌 한쪽 부뚜막에선 무럭무럭 김이 오르고 있었다.

자리에 앉자 탁자 위에는 이미 서너 가지 반찬이 차려져 있었고 곧바로 밥과 국을 사람 숫자만큼 가져다주었다. 특이했던 것은 이곳엔 자리 구별이 없었다. 두 사람이 먹고 있는 탁자에 새로 한 사람이 들어오면 그 탁자에 끼어 앉아 반찬을 같이 먹고, 또 앞선 사람이 나가고 다른 사람이 들어오면 옆 빈자리에 다시 앉아 그 반찬을 그대로 먹는 거였다. 주인 할매는 그저 줄어든 반찬 그릇을 찾아 듬뿍듬뿍 채워주는 게 일이었다. 그러나 아무도 그것을 불평하는 사람은 없었다. 그냥 익숙하고 편하게 들어와 따뜻한 국에 밥 한 그릇을 말아먹곤 나갔다. 지치고 고단한 그들의 모습을 딱한 듯 바라보며 찬그릇마다 꾹꾹 눌러 수북이 담아주는 할매의 손놀림만 부산했다.

"완전 도다 도! 아무리 그래도 그렇지 사오천 원은 받을 텐데 생선토막은커녕 그 흔한 계란찜 하나 없이 완전 푸성귀밭이네. 도무지 찍어먹어볼 반찬이 있어야지." 옆에서 먹던 친구가 입속말로 볼멘소릴 해댔다. 하지만 난 반찬 하나하나마다 칼칼한 손맛이 담긴 듯해 입에 맞았고 비록 기름지거나 비린 것은 없지만 무엇보다도 할매의 푸근함이 입맛을 확 잡아당겼다.

"요즘 밥은 지대로 먹고 댕기는 거여! 왜 차림새가 이 모양이여!" 할매는 혼자 온 어떤 사내에게 밥 한 그릇을 더 퍼주며 끌탕을 했다. 누렇게 바랜 벽지와 닮은 할매의 모습은 따뜻한 질화로 그대로였다.

"모두 해 팔천 원이요." 얼마냐는 말에 할매가 한 대답이었다. "네 사람인데요?", "그라니까 팔천 원이지." 우리는 깜짝 놀랐다. 백반 일인분이 이천 원이라니, 라면 한 그릇도 삼천 원인데 너무 헐한 값이 아니냐는 말에 "첨엔 팔백 원 했지. 근디 한번도 내가 올린 적은 읎당께. 어떤 장돌뱅이가 '아따, 아짐! 천 원 받으씨요잉' 해서 받게 됐고, 또 좀 지나자 '형수, 천오백 원은 해야 안 쓰겄소?' 해서 또 그랬는디, 잔돈 거슬러 받기 귀찮고 뭐하다고 해서 이천 원까지 올랐당께. 이젠 그만 올려야 쓰것네. 이것도 힘들다는 사람들이 있어 맘이 짠하요. 아무리 힘들다 해도 밥은 묵고 댕겨야 하지 않것소" 마치 들큼한 생명의 온기가 느껴지는 말이었다.

우리 일행이 밥집을 나설 때 할매는 문밖까지 따라나왔다. 힘들지 않느냐는 말에 "힘들긴 뭐가 힘들어. 난 이 일이 남들 노래하고 춤추며 노는 것과 똑같아! 없이 사는 사람은 밥이 지팡막대라. 기운이 없다가도 밥 한 사발 잘 먹으면 기운이 불쑥 나니께 밥이 지팡이보다 낫단 말이지. 내 기운 있는 날까정 찾아오는 사람 지팡막대 노릇 해야지. 그저 밥이 목숨인 게야" 우린 그만 숙연해질 수밖에 없었다.

그리고 어제와 오늘 맛집 운운하며 철없이 다녔던 모습이 한없이 부끄러웠고 평소 여기저기 찾아다니며 홍청망청 먹어야 직성이 풀리던 내 귀에 밥 한 그릇이 타이르는 겸허한 소리가 조곤조곤 작게 들리는 듯했다.

손이 만들고 가슴으로 나눈다

—영화 〈카모메 식당〉을 보다

"조용하고 친절하며 언제나 여유로운 사람들, 핀란드 사람들은 다 그런 줄 알았어요. 근데 그게 아니네요."

"세상 어딜 가도 슬픈 사람은 있게 마련이고 외로운 사람도 사는 거 아니겠어요?"

남편에게 버림받고 술에 취해 인사불성이 된 핀란드 여인을 집까지 바래다주고는 푸념하듯 내뱉은 '미도리'의 말을 '사치에'는 공허하게 받는다.

영화 〈카모메 식당〉은 일본 여성 사치에가 핀란드 헬싱키에 홀로 식당을 내면서 생기는 자잘한 이야기들을 '오기가미 나오코' 감독이 섬세한 감각으로 연출한 작품이다.

'카모메'는 일본어로 갈매기라는 뜻이다. 이 영화는 일본 개봉 당시 단 두 개의 상영관에서 시작했다가 입소문을 타고 장기 상영에 들어가 100여 개 관으로 확장되면서 5억 엔이 넘는 흥행수익을 기록했다. 이런 이례적인 흥행은 한국에서도 그대로 이어졌다.

삶을 따뜻한 시선으로 바라보고 그 안에서 각자의 자리를 만들어나가는 주인공들, 낯선 땅에서 소박한 요리처럼 서로를 담담하고 다정하게 받아들이는 이들의 이야기는 팍팍한 현대사회를 살고 있는 우리들의 가슴을 촉촉이 적셔주었다.

카모메 식당은 누구나 부담 없이 들어와 정갈한 음식을 편안하게 먹을 수 있는 공간을 꿈꾼다. 하지만 개업한 지 한 달이 넘도록 손님은 찾아오지 않는다. 그녀가 만들어 팔고 싶은 일본식 주먹밥 '오니기리'는 그곳 사람들에겐 너무 낯설었기 때문이다. 그러나 사치에는 끊임없이 준비하며 상황을 차분히 받아들인다. 그러다가 만나는 두 명의 일본 여인들, 영화는 그녀들에 의해 평온하게 전개된다.

타인의 시선, 부모의 기대, 사회의 기준으로부터 자유롭지 않았던 세 명의 일본 여성은 '느긋한 갈매기의 나라' 핀란드에서 서로에게 울타리가 돼주며 스스로의 자존감을 찾아나간다. 모든 것이 정신없이 돌아가는 요즘, 함께 손을 맞잡고 여유롭게 살아가는 소소한 삶을 제시하고 있다. 그래서 카모메 식당은 손님에게 단순히 음식을 파는 곳이라기보다는 외롭고 지친 영혼을 맑게 정화시키는 신성한 전당처럼 느껴졌다. 특별한 사건이나 심각한 갈등이 없어 시종일관 잔잔함을 즐길 수 있는 간이 전혀 안 밴 영화다.

이 영화를 이끌어나가는 세 여자 주인공의 캐릭터는 흥미롭다.

하고 싶은 일을 하기보다는 하고 싶지 않은 일을 하지 않기 위해 핀란드에 온 사치에는 일찍 어머니를 여의고 어린 시절 아버지와의 추억이 고스란히 담긴 '오니기리'를 포함한 몇몇 일본음식을 가지고 식당 문을 연다. 하지만 그건 만만치 않았다. 그럼에도 불구하고 말쑥한 매무새의 그녀는 언제나 경쾌하고 당당했다.

그리고 큰 덩치와는 다르게 소녀처럼 섬세하고 여린 감성을 가진 미도리. 한번도 자신의 인생을 주체적으로 살아본 적이 없어 매사에 소극적인 그녀는 어떤 목적도 계획도 없이 핀란드에 오게 된다. 단지 눈을 감고 세계지도를 손가락으로 찍었는데 걸려든 나라가 핀란드라고 했다. 하지만 여행을 떠날 수밖에 없는 곡진한 사연이 묘한 표정에 가득 담긴 여자, 그녀에게는 무언지 모를 인생의 상처가 숨어 있는 듯 보였다.

거기에 또 한 명의 중년 여인 — 마사코. 20년 넘게 부모의 병수발을 하다 두 분이 모두 돌아가시자 뒤늦게 자신의 정체성을 찾아나선 그녀는 족쇄가 풀린 듯 어디론가 여행을 떠나고 싶었다. 그녀 역시 특별한 목적은 없었으나 핀란드 공항에서 여행 가방을 잃어버려 발이 묶인 채 우연찮게 이 카모메 식당을 찾게 된다.

어쨌든 이 세 여자는 자신의 아픔을 꺼내놓고 타인의 고통을 어루만질 줄 아는 따뜻한 사람들이었다. 게다가 그들이 만나게 되는 핀란드 사람들에게 살갑게 건네는 다정한 손과 포근한 미소는 아름다웠다. 그리고 그들의 식당엔 항상 고슬고슬한 밥으로 만든 주먹밥과 바삭하게 튀겨낸 돈가스, 코끝을 자극하는 커피와 시나몬롤이 준비되어 있었다. 그 소박한 음식들은 현지인들의 마음을 조금씩 열어나갔고 한 사람 두 사람 찾아들게 만들었다. 각기 다른 사연을 지닌 사람들, 그들을 이어주는 것은 언제나 정성이 듬뿍 담긴 음식이었다.

상처로 가득한 세상을 견디며 사는 우리들에겐 누구나 자신만의 아픔이 있다. 더욱이 가슴 깊은 곳에 자리한 근원적 고독은 사람들을 막다른 골목으로 내몰기 일쑤다. 따라서 조금 덜 아픈 사람이 조금 더 아픈 사람을 보듬고 안아줘야 하는 것은 아닐지. 그래서 '가장 맛있는 커피는 내가 끓이는 커피가 아니라 나를 위해 남이 끓여주는 커피고, 가장 맛있는 밥은 내가 혼자 먹는 밥이 아니라 따뜻한 손이 나를 위해 정성을 다해 만들어주는 밥이다'라는 영화 속 대사가 더욱 깊은 울림으로 다가온다.

때론 음식이 그 어떤 위로의 말이나 몸짓보다도 훨씬 적절한 효과를 나타낼 때가 있다. 따뜻한 음식 한 그릇을 말없이 나누어 먹으며 사람들은 얼마나 큰 위로를 받을 수 있는가를 카모메 식당은 우리에게 찬찬히 말해주고 있다.

나도 문득 때 아닌 허기를 느낄 적이 있다. 이제 막 먹고 돌아섰음에도 심한 공복감에 속이 쓰릴 때가 종종 있다. 주변이 텅 빈 듯 갑자기 느껴지는 삶의 공허, 그리고 느닷없이 달려드는 외로움. 그럴 때마다 나는 가끔 이 영화를 다시 보곤 한다. 화면 밖까지 고소한 냄새가 풍길 것 같은 갖가지 음식의 깔끔한 차림새를 눈으로 먹다보면 허기가 가라앉고 마음이 편안해진다.

내가 이 영화를 통해 헛헛한 배를 채울 수 있는 것은 과연 무엇일까?

그건 아마도 인생은 대단할 것도 특별할 것도 없이 서로 끌어안고 쓰다듬고 사는 거라는 사실과 진정 사람과 사람들 사이엔 정성스러운 손이 만들고 따뜻한 가슴으로 나누는 음식 — 입으로 먹지만 가슴으로 기억하는 음식이 필요하다는 점일 것이다. 정성이 담기지 않은 음식은 한낱 사료에 불과할 테니까.

봄, 그 속을 걷다

봄은 옅은 슬픔이다. 하얀 벚꽃이 눈처럼 흩날리는 4월. 포개듯 차오르는 애잔함을 애써 감추며 봄길을 걷는다. 오는 듯 가버리는 안타까운 봄 풍경 속을 걷고 또 걸었다.

감은사지感恩寺址 석탑에서 시작한 길이 이견대利見臺를 지나고부터는 해안선을 따라 이어졌다. 들쭉날쭉 크고 작은 해안마다 한적한 어촌과 소박한 어항이 빠끔히 숨어 있다. 길은 빽빽한 솔숲 사이를 주춤대다가도 문득 확 트인 해변과 닿아 있었다. 어느 곳을 쳐다봐도 온통 황홀하다. 걸음이 느려지더니 저절로 멈춰진다. 끝없이 펼쳐진 코발트색 바다, 그 위로 흰 구름이 선명한 푸른 하늘. 삽상한 바닷바람에 온몸이 저릿하다. 이 세상 모든 것들을 못 견디게 하는 것이 봄이다. 천지가 죄다 봄기운에 몸살을 앓고 있다. 이제 살아 있는 것들은 봄별 속에서 견디지 못하고 움틀 것이다. 그래서 봄은 뭉근한 아픔이다.

파도가 밀려왔다 빠져나갈 때, 서로의 몸을 비비며 '자갈! 자갈! 자갈!' 몽돌이 노랠 한다. 드문드문 뭉쳐 있는 돌무더기를 밟으며 대본리 해안길을 지난다. 바다를 딛고 솟구친 바위 꼭대기, 그 위에 어렵사리 생을 의탁한 소나무 하나가 손을 흔든다. 나정해변을 거쳐 전촌항에 도착하면 해안길은 끊어져 감포항까지는 짧지만 호젓한 산길을 넘어야 한다. 동네 뒷산 같은 좁은 풀숲 길을 오르면 청보리밭이 펼쳐지고 탱자나무 울타리를 따라 가느다란 오솔길이 바다를 향해 쭉 뻗어 있다.

그 산길로 막 접어들어서다. 생풀 냄새가 풋풋하게 올라왔다. 흐드러진 산벚나무가 봄바람에 우줄대며 하얀 꽃잎을 뿌려댄다. 노랑나비 한 쌍이 팔랑거린다. 두 눈이 어질어질하다. 함박눈처럼 내리는 꽃잎은 개울에 떨어져 흰 물길을 이루고, 두렁에 쌓여 꽃길을 만든다. 꽃잎을 밟으며 한 오십 미터쯤 오르니 오른쪽으로 작은 폐가廢家가 모습을 드러낸다. 주인을 잃은 지가 꽤 됐는가 보다. 다 삭은 양철지붕엔 칡넝쿨이 엉겨 있고 방 하나, 부엌 하나, 두 칸짜리 작은집은 뒷담이 무너지고 지붕도 반쯤 내려앉아 있었다.

두어 평 마당엔 잡풀 사이로 노란 민들레가 지천이다. 야트막한 담장 너머로 살구나무에 귀퉁이가 가려진 포구가 한눈에 들어온다. 문짝이 떨어져나간 부엌, 먼지가 뽀얀 부뚜막 위에 양은그릇 너덧 개가 나뒹굴고 쪽마루가 붙어 있는 작은 방안엔 살만 남은 문틈 사이로 새카만 이불 한 채와 아무렇게나 던져진 옷가지 몇 벌이 어지러웠다. 마당 구석 수돗가엔 한 움큼 각시붓꽃이 소담하고 그 뒤로 다 삭은 남자 고무신과 여자의 작은 꽃무늬 슬리퍼가 애잔하다.

●

사연 없는 집이 어디 있을까마는 자꾸 신발에 눈길이 갔다. 애애한 봄 기운에 마루 끝에 걸터앉은 내 머릿속엔 쓸데없는 상념이 꼬리를 문다.

남산만한 덩치의 옹근 사내와 체구가 작아 안쓰러운 젊은 아내가 살았었을까? 아니면 아버지와 어린 딸? 부부가 살았든 부녀가 살았든 남자는 필시 고깃배를 탔을 것이고, 시난고난한 삶의 무게가 만만치 않았으리라. 먹고 산다는 건 언제나 질기고 팍팍한 일이다. 건너 산보다 무거운 삶의 고통에 얼마나 이를 악물고 두 손을 부르쥐었을까? 이고 진 채 여길 떠나는 두 사람의 뒷모습이 낡은 집을 배경으로 어른거린다. 이때다. 마당 한 구석 뚫어진 구멍 속으로 한 발은 족히 돼보이는 뱀 한 마리가 스르르 몸을 숨긴다. 섬뜩했다. 벌떡 일어서자 한 줄기 해풍에 묻어오는 비릿한 갯내가 코끝을 스쳤다. 비감悲感이 한숨으로 새어나왔다.

사람은 누구나 벼랑에 뿌리를 내리고 산다. 그 비탈진 산등성이를 지친 다릴 끌며 아등바등 살다간다. 삶이란 어쩌면 오로지 과정뿐은 아닌지. 늘 결과와 상관없이 그저 걷고 또 걷는 것은 아닐까.

그리운 것들을 다 불러모으는 봄, 하지만 누구에게나 모두 눈부신 봄일 수는 없다. 처연한 이 집 풍경을 바라보고 있으려니 왈칵 밀려오는 슬픔에 목젖이 싸하다. 마음은 먹먹해지고 눈시울이 무거워지는 건 내가 길 위에 나그네이기 때문만은 아니었으리라.

"인생이란 애만 쓰다 한만 남기고 가는기라. 가는 것 붙잡다가 붙잡지도 못하고 속만 끓이다 가는기라." 전촌항을 지나며 잠시 들렀던 막

걸리집 아낙, 앞뒤 없이 해대던 푸념이 귀에 쟁쟁하다. 무슨 소리냐는 말에 오늘 아침 사촌 동서의 부고訃告를 받았다고 했다. "에고! 말하면 뭐 할끼고? 겨우 고거 살다 갈낀데 고생만 죽도록 하다 허망하게 갑디다. 다 부질 없는 일이요. 인생은 원래 허무한 맛에 사는 깁니다. 아이고! 날씨 한번 염병하게 좋네!" 그녀가 들었던 수건으로 바지를 탁탁 털면서 문을 열어젖히자 느른한 봄바람이 넘실대며 가게 안을 채웠다.

폐가를 나와 산등성일 향해 천천히 발걸음을 옮겼다. 멀리 감포항이 보인다. 다시금 꽃잎이 바람에 쏟아진다. 녹작지근한 봄이 무르녹고 있다. 이제 곧 뒤도 보지 않고 가버릴 봄이 채빌 서둘 것이다. 한껏 벌려 논 꽃무더기 잔칫상을 미처 치우지도 못한 채 초록에 자릴 내주며 홀연 몸을 감출 것이다. 속절없이 봄 한철이 또 이렇게 지나간다.

나는 이렇게 들었다

"선배님! 잘 지내시죠? 오늘 거하게 저녁 한번 쏠까 하는데…. 네. 네. 겨우 그 정도면 내가 말을 안 하죠. 오늘 두 대나 계약했고 내일 아침 하나 더 있어요. 근데 셋 다 중형차니 완전 대박이죠. 히히! 아! 네. 그럼 오늘 늦으시겠군요. 할 수 없죠. 다음번엔 꼭 한번 시간 내주세요. 아 참! 전에 소개시켜준다던 병원장님은 잘 계신가요? 설마 그새 차 바꾼 건 아니겠죠? 아이고! 선배님 은혜 잘 알죠. 네. 네. 다음달 초엔 확실히. 네. 그럼 편히 계세요."

바로 뒷좌석에서 하는 전화소리라 또렷이 들렸다. 평일 오후 4시. 강남역에서 일산 가는 M버스 안이다. 버스 안은 한산했다. 어린애를 안고 탄 젊은 여자와 그 뒤편에 앉은 부부, 그리고 그와 내가 전부다. 탈 때 신경을 쓰지 않아 얼굴은 못 봤지만 아마 30대 중반쯤, 중저음의 그 남자는 다시 전화를 걸었다.

"여보세요. 접니다. 그날 새벽엔 잘 들어갔죠? 네. 네. 그럼요 전 잘 지내죠. 헤어숍은 여전하지요? 그때 장항동 일식집 괜찮던데 오늘 어때요? 아! 네. 그럼 당분간은 힘들겠네요. 괜찮아요. 전처럼 강화도 한번 놀러가야 하는데…. 전 언제나 오케이죠. 보고 싶어 큰일났네요. 난 여자들하고 농담 잘 안 해요. 네. 그럼 조만간 전화 주세요. 기다립니다. 네. 네. 네."

생긴 게 궁금했지만 바로 뒷좌석이라 돌아볼 수가 없었다. 그는 다시 통화를 시작했다.

"나야 인마! 너 오늘 쉬는 날이지? 수요일이잖아. 언제 바뀠는데. 그럼 너 지금 회사야? 에이씨! 완전 조졌네. 난 네가 노는 줄 알고 걸었지. 아! 참! 너 내가 전에 말했던 그 명품 가방 싸게 살 수 있다고 했지? 한번 알아봐줘라. 미친 놈! 그런 거 아냐! 논현동 땅 형한테 주고 나니까 내게 좀 미안했겠지 뭐. 전 주에 엄마가 불러 갔더니 좀 주더라. 별 거 아니야. 그러니까 술 한 잔 사겠다는 거 아냐. 야야! 전화 끊자. 회사에서 전화 들어온다. 어서 끊어, 내가 금방 다시 걸게."

버스가 세 정거장이나 지났건만 타고 내린 승객은 아무도 없었다.

"네! 권 부장님! 그렇지 않아도 지금 막 전화 드리려던 참인데 한 발 늦었네요. 둘은 계약했고, 하나는 아직. 네. 네. 계약은 분명 할 것 같은데…. 좀 더 설득해보다가 여기서 바로 퇴근할까 봐요. 네. 염려마세요. 제가 누굽니까? 크크! 네, 끊습니다. 잘 알겠습니다. 넵!"

버스는 이제 올림픽대로로 접어들었다.

"야! 가방 알아봤어? 할인된대? 잘 됐네. 당장 주문해! 누군 누구야?

우리 회사 권 부장! 그 너구리 새끼! 좋아 죽더라. 내가 오늘 두 건이나 했거든. 그건 그렇고 늘보 놈은 요즘 뭐하냐? 팔자 좋은 놈이네. 걔 전번 문자로 좀 날려봐. 그래 알았다니까. 이따 계좌로 보낼게. 야! 가방 잊지 마! 그럼 잘 있어."

강변을 신나게 달리던 버스는 여의도를 지나자 약간 밀리기 시작했다.

"여보세요. 늘보냐? 나 알겠냐? 너 인마! 죽을래. 어쩜 그렇게 연락 한 번 없냐? 골프 치러 하와이 갔었다며? 넌 팔자 아주 늘어졌구나! 전생에 나라를 구했냐? 아무튼 부럽다 부러워! 오늘 어때? 주엽역에서 술 한잔 하자! 뭐야! 제사야? 아버진 요즘도 그러냐? 죽겠어도 그게 좋은 거야 마! 직장 다녀봐라. 죽을 맛이야 죽을 맛! 알았어. 할 수 없지 뭐. 담에 보자."

그는 바로 다시 번호를 눌렀다.

"야! 난데 잘 지내냐? 좋게 말할 때 클럽 그만 다녀라. 완전 죽순이라고 소문 쫙 났던데. 이 오빠가 충고할 때 말 들어. 나야 뭐! 여전히 잘 나가지. 왜 요즘엔 통 연락이 없냐? 실한 놈 하나 물은 거야? 좋다고 쫓아다닐 제는 언제고. 야! 오늘 간만에 한번 놀아볼까? 내 그럴 줄 알았어. 이제 많이 컸네. 됐네요. 생각 바뀌면 연락해. 오케이!"

조용했다. 그는 한참을 그냥 갔다. 그리곤 다시 통화를 하려는지 목청을 가다듬었다.

"여보! 나야! 애들 유치원에서 데려왔어? 오늘 너무 피곤해서 일찍 들어가려고. 백석역 다 왔어. 저녁 뭐 먹을 건데. 낙지볶음이면 소주가 필요하잖아? 알았어. 마트 들러서 갈게."

이때, 처음으로 그의 전화벨이 울렸다. 황급히 전화를 받았다.

"네! 권 부장님! 어디긴요. 아직도 여기죠. 회사로 들어오라고요? 왜요? 모르겠는데요. 맨날 쓰는 것도 아닌데 그 사이트 주소를 어떻게 기억해요. 아! 그것도 지금은 알 수 없는데. 내일 출근해서 하면 안 될까요? 나 참! 알았어요. 알았어. 지금 들어갈게요."

그는 자기도 모르게 '에이! 씨!' 하고 투덜댔다. 그리고 다시 전화를 눌렀다.

"여보! 나 오늘 늦어. 완전 재수에 옴 붙었어. 집에 거의 다 왔는데 권 부장 그 자식이 회사로 오라잖아. 일은 무슨? 괜히 불러 술 한 잔 하자는 거지. 어쨌든 그 꼴통 때문에 나 완전 돌겠어. 먼저 자! 알았어. 내려야 해! 끊어!"

나는 차창을 통해 버스에서 내린 그를 보았다. 예상대로 남색 양복에 흰 와이셔츠 그리고 줄무늬 넥타이를 맨 회사원 차림의 보통 사내였다. 잠시 주춤거리던 그는 횡단보도의 신호가 푸른 색으로 바뀌자 뛰기 시작했다.

나는 그의 뒷모습을 보면서 요즘 사람들의 책임과 의무, 분주함과 치열함 그리고 욕망과 치기稚氣를 가늠해보며 그 안에 도사린 허위와 위세를 엿볼 수 있었다.

아무튼 버스 안에서 나는 이렇게 들었다. '누구에게나 산다는 것은 늘 허접하고 번잡하며 결코 녹녹치 않은 거라'고. 생각사록 삶은 참 불가해不可解한 것이다.

시린 시대를 살다

어젯밤부터 갑자기 추워졌다. 아침 기온이 영하 11도라니 말만 들어도 몸이 움츠러들었다. 점심때가 지나자 햇살이 퍼지면서 날씨가 좀 누그러진 듯싶어 나는 주섬주섬 배낭을 꾸렸다. 퇴직 후, 꾸준히 해오던 등산을 가기 위해서다. 주말마다 근교 산들은 도떼기시장이어서 느긋하게 다녀오려면 평일이 좋았다. 집을 나서니 바람이 생각보다 매서웠다.

강남역에서 신분당선 지하철을 타면 청계산역까지는 세 정거장이다. 출발역이라 여유 있게 자리를 잡고 앉자, 삼십대 중반쯤 되어보이는 남자가 엉거주춤 내 맞은편 의자에 앉는 거였다. 작달만한 체수에 통통한 젊은이였다. 두툼한 스웨터를 입긴 했어도 겉엔 가을잠바에 모자도 쓰지 않고 장갑도 없었다. 게다가 낡은 청바지에 흰 운동화는 오늘 같은 날씨엔 너무 추워 보였다. 거무데데한 얼굴, 순한 눈매. 하지만 온갖 시름이 다 담긴 어두운 표정은 어딘가 모르게 불안해 보였다. 두어 번 시선이 마주칠 때마다 그는 아래위로 눈길을 피했다.

●

평일 오후, 청계산역은 꽤나 한산했다. 배낭을 챙겨 내리려는데 그도 채비를 차렸다. 함께 내린 그와 나는 서너 걸음을 사이에 두고 등산로 입구까지 같이 걸었다. 설마 한겨울에 저런 차림으로 등산을 오진 않았을 텐데 싶어 흘낏 돌아봤는데 그가 느닷없이 "이곳엘 자주 오십니까?"라고 말을 걸어왔다. "예! 가끔 옵니다만 혹여 등산을 하러 오신 겁니까?"라고 묻자 그는 고개를 끄덕였다. 차림새가 걱정이 된 나는 오르기가 수월한 옥녀봉을 권했으나 그는 굳이 매봉을 고집했다.

우린 함께 등산을 시작했다. 하지만 그는 잘 걷질 못했다. 몇 분만 걸어도 숨을 헐떡이며 힘들어했다. 자주 쉬어갈 수밖에 없었던 우린 이런 저런 이야기를 나누게 되었다.

"고향이랄 것도, 부모랄 것도 없지요. 제가 일곱 살 때 첩의 자식이란 걸 알았어요. 취학을 해야 할 무렵 아버지를 따라 소위 큰집엘 갔지요. 날마다 매를 맞았어요. 거기 형들은 물론 그곳 어머니, 심지어 아버지한테도 숱하게 얻어맞으며 자랐지요. 고등학교에 들어가자 도저히 견딜 수가 없더라고요. 그래 집을 나와 물어물어 어머니를 찾아갔어요. 외가에 대한 기억이 조금 남아 있었거든요. 노점을 하며 힘겹게 사는 어머니께 얹혀살면서 검정고시로 고교 과정을 마치고 지방대학엘 들어갔지요. 겨우 한 학기 다니다 그만뒀어요. 공부에 흥미도 없었거니와 더 이상 어머니의 등골을 뺄 수도 없었으니까요. 그 후 제대를 하고 시작한 서울생활이 그럭저럭 10년이 넘었네요." 고향이 어디냐고 묻는 내 말에 그는 소설을 쓰듯 장황하게 말을 이었다.

"그동안 고시원에 살면서 안 해본 일이 없어요. 편의점 알바부터 시작해 여기저기 공사판도 따라다녔고 제약회사 외판원에다 택배 일까지, 제가 할 수 있는 일은 다 해본 것 같아요. 앞으로도 내 입 하나는 그냥저냥 해결할 수 있겠지만 문제는 아무 희망도 없이 하루하루를 무의미하게 살아야 한다는 거예요. 금수저, 은수저는커녕 아예 흙수저조차 없는 놈이니까요." 어떤 표정도 짓지 않은 채 입속에 든 쓴물을 뱉듯 그는 이야기를 쏟아냈다.

요즘 젊은 사람들을 가리켜 '삼포세대'라고 한다. 아무리 노력을 해도 제대로 된 직장을 구하기가 하늘에 별 따기라, 연애와 결혼 그리고 출산을 포기했다고 붙여진 이름이다. 게다가 내 집 마련은 물론 취업마저 포기했다고 '오포세대'라는 말이 생기더니 이젠 그것도 옛말이 되고 요즘엔 희망과 대인 관계까지 포기한 '칠포세대'란 말이 서글프게 떠돈다. 희망과 대인 관계마저 저버리고 말다니 젊은이들의 분노 섞인 한탄과 자괴감이 도대체 어디까지 이어질지 답답하기 짝이 없다.

"요새 가장 부러운 사람들이 정년퇴직을 한 분들이에요. 얼마나 떳떳합니까? 물론 어려움도 많으셨겠지요? 그래도 사회에 기여하며 가족들 건사하고 나이 들어 연금이나 퇴직금으로 여생을 보낸다는 것이 얼마나 자랑스러운 일이겠습니까? 저 같은 사람은 정년퇴직은 고사하고 잠시라도 정규직으로 직장 한 번 다녀봤으면 소원이 없겠습니다. 정년보장이요? 그건 저와 상관없는 꿈속의 이야기지요." 지난해 퇴직을 하고 지금은 백수로 지낸다는 내 말에 그는 진짜 부러운 듯 목청을 높였다.

●

"지난 가을에 어머니가 돌아가셨어요. 제겐 유일한 가족인데…. 돌아가시는 것도 보지 못했지요. 옆집 사람이 연락을 해서 가보니 이미 돌아가셨더라고요. 이젠 희망만 없는 게 아니라 가족도 없는 놈이에요. 생각할수록 막막한 현실에 화가 치밀어요. 하긴 나 같은 놈이 화를 내본들 들어줄 사람도 없겠지만요." 나이 차이가 많아선지 절절한 제 사연을 편하고 솔직하게 털어놨다.

매봉 정상은 숨이 막힐 정도로 바람이 세찼다. 살을 에는 추위에 잠시 머무는 것도 힘들었다. 모자가 없는 그에게 나는 등산용 수건을 꺼내 머리를 감싸라고 시키며 '어서 내려가자'고 재촉했다. 산 밑에 가서 따뜻한 국밥이라도 한 그릇 먹여 보낼 참이었다. 근데 어이없는 일이 벌어졌다. "선생님! 먼저 내려가세요. 전 이수봉까지 갔다가 내려가겠습니다." 나는 기가 막혀 이런 날씨에 무슨 소릴 하는 거냐고 야단을 쳤지만 막무가내였다. 어깨를 바짝 웅크린 채 굳이 망경대 쪽을 향해 가는 그의 고집을 꺾을 수가 없었다. 난 망연히 그의 뒷모습을 바라보다 얼른 불러세웠다. 그리곤 배낭 속에 있던 초콜릿 세 개와 귤 하나, 그리고 먹다 남은 물통을 건네주었다. 극구 마다하는 그의 손에 억지로 쥐어주며 "혹시나 해서 주는 걸세! 그리고 세상에 힘들지 않은 사람은 없다네. 누구나 다 견디면서 사는 거지"라고 힘주어 말했다. "걱정하지 마세요. 저 괜찮아요. 힘들지만 조금 더 걸어보고 싶어서 그래요. 춥긴 해도 속은 후련하네요. 안녕히 가세요!" 고개를 숙여 인사를 하고 돌아서는 그의 뒷모습이 못내 안타까웠다.

혼자 내려오면서 나는 몇 번이고 뒤를 돌아보았다. 혹시 내가 잘못한 것은 아닐지? 무슨 수를 써서라도 그와 함께 내려왔어야 했던 것은 아니었는지? 불길한 생각이 머릿속을 떠나지 않아 발걸음이 무거웠다. 그러나 팍팍한 삶도 감당하기 어렵겠지만, 자신의 생을 벼랑 끝에서 밀어내는 일인들 쉬운 일이겠는가. 부디 내가 그의 마지막 동행자가 아니었길 바라며 스스로를 위로했다.

인간이 세상에 태어나는 것은 그저 인내심 하나 배우러 오는 거라는데, 그 젊은이도 이 말뜻을 되새겨 제 길을 묵묵히 걸어가주길 진심으로 기원해본다. 길은 늘 새로운 길과 이어져 있고 또 전혀 다른 세계와 맞닿아 있으니 말이다.

달걀 한 판

글은 그 사람이다. 글을 쓴다는 것은 자신의 모든 것 — 사상과 감정 그리고 인격과 지식을 고스란히 담아 밖으로 드러내는 일이다. 따라서 글을 발표하거나 책으로 묶어내면 거기에 따르는 모든 책임은 두고두고 본인이 져야 한다.

지난 십여 년, 여기저기 글을 발표하면서 격려의 편지와 메일은 서너 차례 받아봤지만 잘못된 곳을 지적하며 바로잡도록 일러준 글은 이번이 처음이다.

3주 전이다. 한가한 휴일 저녁, 무심히 전자메일을 확인하고 있었다. 걷잡을 수 없이 쏟아지는 스팸메일 속에서 '선생의 수필집 『여전히 간절해서 아프다』를 읽고'라는 제목이 눈에 들어왔다. 뜻밖이었다. 간행한 지가 벌써 3년이 다 된 책인데 새삼스럽다는 생각과 함께 보낸 이를 확인하니 전혀 모르는 사람이었다. 서둘러 앉음새를 바로 한 나는 메일을 열었다.

메일의 전문全文이다.

〈책이나 인터넷을 좀 오래 보고 있으면 눈이 침침해질 나이라 불편했지만 선생의 수필집을 끝까지 읽고 많은 감명을 받았소이다. 주변에서 일어나는 생활상이나 느낌을 지루하지 않게 써주신 작품은 문외한이 보아도 수준급이어서 주위에 권하고 싶은 책입니다. 그런데 옥에 티라고 제가 농사를 짓다 보니 잘못 아신 게 있어 조언해 드리고자 합니다.

296쪽 "일반적으로 닭은 양계와 육계로 나눈다. 달걀을 얻기 위해 기르는 닭이 양계고 삼계탕이나 일반 튀김용의 재료가 되는 닭이 육계다"에서 '양계'는 '산란계'로 바꿔야 맞습니다. 양계는 닭을 기른다는 뜻이고 기르는 목적에 따라 알을 취하는 산란계와 고기를 먹는 육계로 분류해야 합니다. 불쾌하셨다면 죄송합니다. 안녕히 계십시오. - 전라남도 장성에서 농민독자가.〉

아차! 싶었다. 메일 내용을 읽는 순간 무엇이 잘못됐는지 대번에 알아차렸다. 분류分類에 있어 유개념과 종개념에 착오를 일으켰던 것이다. 수없이 퇴고를 하고 여러 번 교정을 보았건만 내 눈은 이 오류를 끝내 걸러내지 못했다. 변명의 여지가 없다. 바로 잘못을 시인하고 고개를 숙일 수밖에….

난 지체 없이 답신을 보냈다.

〈제 책을 꼼꼼히 읽고 그릇된 곳을 바로잡아주셔서 고맙습니다. 제가 잘못 생각한 것이 분명합니다. 좀 더 주의를 기울이지 못한 점 부끄럽게 생각합니다. 그저 양계업의 각박한 실상이 가슴 아파 써본 글인데 감정이 너무 앞섰던 모양입니다. 앞으론 세밀한 부분까지도 신경 쓰며 글을 쓰겠습니다. 혹시 다른 글에도 잘못된 곳이 있다면 애정 어린 충고를 부탁드립니다. 늘 평안하시길 기원합니다.〉

발송을 하면서도 민망한 생각에 얼굴이 화끈거렸다.

다음날 아침이다. 눈을 뜨자마자 곧바로 컴퓨터 앞에 앉았다. 그 분이 내 답신을 읽어보았는지가 궁금해서였다. 그런데 읽은 건 물론이거니와 새 메일이 도착해 있었다.

〈늙은이가 괜한 짓을 했나 봅니다. 괘념치 마십시오. 실은 좋은 글을 읽게 해주어 고마운 마음이 굴뚝같았었는데 너무 오지랖이 넓었나 봅니다. 그리고 혹시 주소를 알려주시면 양계에 대한 책자 몇 권을 보내드리고자 합니다. 불편하면 사양해도 괜찮습니다. 내내 건필健筆하시길 기원합니다.〉

간략하지만 따뜻한 답신이었다. 나는 이후에도 크게 필요할 것 같지는 않았지만 보내겠다는 책자가 궁금했다. 그래서 거듭 감사의 뜻을 전하며 주소를 보냈다.

그리고 사나흘이 지났다. 초인종이 울려 나가보니 택배기사가 커다란 물건 하나를 불쑥 건네는 거였다. 크기가 자그마치 라면 박스만 했다. 그런데 포장 방법이 특이했다. 받아들고도 신기해 이리저리 한참을 살펴보았다. 안에는 단단히 고정된 채 종이로 싼 내용물이 훤히 보이는데 겉은 빵빵하게 공기가 채워진 투명한 비닐이 감싸고 있어 던지거나 떨어뜨려도 아무 이상 없도록 만들어져 있었다.

'책을 뭣 때문에 이렇게까지 포장했을까.' 난 내심 투덜거리며 손에 가위를 든 채 한참 동안 애를 먹었다. 특수하게 포장된 비닐은 뜯는 것도 손이 많이 갔지만 몇 겹을 둘러놨는지 부피도 상당했다.

'그런데 이게 뭐지?' 난 그만 어이가 없어 말문이 막혔다. 애써 꺼낸 물건은 책이 아니고 달걀이었다. 깨끗한 연갈색 달걀 서른 개가 케이스에 담긴 채 다시 골판지로 정성스럽게 싸여 있었다. 아무리 뒤져봐도 보내겠다던 책자는 보이지 않았다. '도대체 무슨 일이람!' 난 달걀을 펼쳐놓은 채 한참을 우두커니 바라보고 있었다.

'고마우니 보냈을 테지!' 하다가도 도무지 납득이 되지 않아 고개를 가로저으며 컴퓨터를 켰다. 그리고 달걀을 잘 받았다는 인사와 함께 무슨 영문인지 몰라 황망하다는 내용의 메일을 보냈다. 귀한 것을 보내주셔서 몸 둘 바를 모르겠다는 이야기도 덧붙였다. 그러나 2주가 지나도록 묵묵부답 어떤 회신도 받지 못했다. 달걀은 점점 줄어드는데 말이다.

글을 쓸 때 가장 염두에 두는 것은 독자들에게 공감을 얻고 그들에게 감동을 선사해야 하는 일일게다. 그러기 위해 무엇보다도 신경 써야 할 일은 정확한 지식과 정보를 바탕으로 진솔하게 엮어가되 표현에 있어서도 한 치의 어긋남이 없어야 한다는 점이다.

이번에 나는 준엄하지만 자상한 독자를 만나 어설픈 나의 글쓰기를 되짚어볼 수 있었다. 진정 감사해야 할 일이다. 하지만 그의 매서운 회초리에 멍든 종아리는 아마도 오래도록 따끔거릴 것이다.

어떤 선택

막 출근해서 커피 한 잔을 마시려던 참이다. 책상 위에 놓았던 휴대폰이 부르르 떨었다. 〈6반 고성진 본인 사망. 구리시 윤서병원. 발인 7월 15일〉 고등학교 동창회로부터 날아온 부고 문자였다. '아!' 하는 탄식과 함께 난 그만 의자에 털썩 주저앉았다. 다음 주말엔 만사 제쳐놓고 그를 한번 만나야겠다고 맘먹은 게 엊그제였는데 이렇듯 허망하게 떠나고 말다니 안타깝기 그지없었다.

그는 고등학교 시절, 아주 가깝게 지냈던 친구 중 하나였다. 비교적 가정형편이 윤택했던 그의 집에서 친구들은 자주 모였다. 그러면 그의 어머니께선 자상하게 간식거리를 챙겨주셨는데 무엇보다도 꼬들꼬들하게 끓인 라면에 잘 익은 배추김치는 지금 생각해도 입안에 침이 고인다.

우린 결혼을 하고 각기 다른 직장엘 다니면서도 툭하면 서로 어울렸다. 그런데 유독 말수가 적었던 그가 직장생활에 적응을 잘 못해 걱정을 하곤 했다. 친구들이 자랑 겸 제 직장 얘기에 열을 올릴 때도 입을 꾹 다문 채 잠자코 있던 그의 모습이 지금도 눈에 선하다. 그는 공과대학을 졸업하고 대기업에 입사했으나 3년도 버티지 못하고 뛰쳐나와 한때 유행하던 건강보조식품대리점을 차렸다. 초창기에는 돈을 좀 만지는가 싶더니 그 대리점 주력상품에서 인체에 유해한 성분이 검출됐다는 신문 보도가 나오자 하루아침에 쑥대밭이 되고 말았다. 그의 불운은 그 후에도 계속됐다. 두어 번 제조업에 손을 댔지만 얼마 가지 못했고 이것저것 참여한 각종 프랜차이즈사업은 실패의 횟수만 늘리고 말았다.

그러다 2년 전 이맘때였다. 뇌출혈로 쓰러졌다는 그의 소식에 친구들은 병원으로 달려갔다. 침대에 누워 멀뚱히 우릴 쳐다보던 그의 눈엔 찐득한 눈물이 번졌다. 한쪽 팔과 다리를 쓰지 못하고 언어마저 자유롭지 못한 그는 마치 딴사람처럼 낯설었다. 우린 서로의 눈을 맞추지 못한 채 한동안 아무 말도 할 수 없었다.

그는 슬하에 남매를 두었다. 화물차를 운전한다는 아들은 이제야 겨우 제 앞가림을 하고 있고 딸은 아직 직장을 구하지 못하고 있다는데, 그보다 더 큰 걱정은 살던 집을 곧 비워줘야 한다는 사실이었다. 문병을 마치고 나오는 우리들의 발걸음은 천근만근이었다.

"나 오늘 퇴원해. 입원한 지 벌써 달포가 넘었잖아. 금방 좋아지는 병이 아니라 걱정이야. 그간 여러 가지로 고마웠어!" 그는 어눌한 목소리로 전화를 했다. 두세 번 더 병원을 찾아갔었지만 차마 물어볼 수 없었던 집 문제가 궁금했다. "사람은 다 살게 마련인가 봐! 우리가 다니는 교회 수양관이 구리에 있는데 딱한 사정을 아는 목사님이 당분간 거기서 지낼 수 있게 해줘 우선 그곳으로 갈 거야! 집사람이 청소는 물론이고 사람들 식사까지 도맡게 될 테지만 별도리가 있어야 말이지." 난 그래도 당장 거리로 나앉지 않게 되어 다행이라 생각했다. 그곳에 자리를 잡으면 꼭 한번 찾아가겠노라고 굳게 약속을 했는데 차일피일 미루다 오늘 사망 소식을 듣게 된 것이다.

딸과 함께 아내가 지키고 있는 그의 빈소는 너무 쓸쓸했다. "뇌출혈, 그 병이 재발한 건가요?" 문상을 마친 난 그의 아내에게 물었다. 그녀는 머리를 가로저으며 수건으로 입을 가린 채 흐느꼈다. "3주 전부터 도무지 식사를 하지 않았어요. 죽으려고 작정을 한 듯 아무리 사정을 해도 입을 벌리지 않더라고요. 처음엔 속이 상해 화도 내고 소리도 질렀지만 그러는 속마음은 오죽하겠나 싶어 애만 태우고 있었어요. 막상 수양관엘 와보니 할일이 한도 끝도 없더라고요. 아침에 겨우 전기밥솥에 밥을 안치고 나오면 하루 종일 들여다볼 틈조차 없었어요. 동네 편의점에서 아르바이트를 하는 딸애가 오며가며 남편 식사를 챙겼지요. 지금 생각하면 그 밥을 어떻게 목으로 넘겼겠나 싶어 불쌍해 죽겠어요." 그녀는 어깨까지 들썩이며 오열했다. 근데 이틀 전부턴 자꾸 구역질을 하며 몸을 떨기에 병원으로 데려왔는데 끝끝내 말 한마디 하지 않은 채 눈을 꼭 감고 있더니 오늘 새벽 재가 꺼지듯 숨을 거두고 말았다는 것이다. 삶을 쓰러뜨리는 건 죽음이 아니라 모질고 팍팍한 삶이 아닐까 하는 생각에 겨우 기워놓은 눈물의 실밥이 툭하고 터졌다.

"올 초에 친구들을 한번 만나봤으면 좋겠다기에 내가 전화를 걸겠다고 하니 이내 그만두라고 하더군요. 그것도 지금 와선 맘에 걸리고 또 두어 달 전에는 부모님 산소엘 가보고 싶다고 했는데 아들이 시간이 되면 그 애 차로 가자고 말만 하고 미뤘지요. 원래 자기 속내를 잘 드러내지 않는 사람이라 몇 번을 망설이다 말했을 텐데 제가 얼마나 야박하게 굴었는지 이제야 알 것 같아요." 그의 아내는 회한悔恨으로 가득 찬 표정을 지으며 말을 접었다. 이때 제 아버지를 쏙 빼 닮은 그의 아들이 들어와 내게 인사를 하면서 옆에 앉았다. 그리곤 아버지를 화장 해 할아버지 산소에 뿌리는 게 어떻겠냐며 조심스레 제 엄마의 의견을 물었다. 그녀는 푹 숙인 고개를 끄덕이며 다시금 흐느꼈다. 난 허망한 듯 영정 사진 속 친구의 얼굴을 물끄러미 쳐다봤다. 언제 적 사진인진 모르나 빙긋이 웃는 표정이 나를 더욱 애처롭게 만들었다.

살아서 생으로 곡기를 끊는다는 것이 얼마나 비감하고 고통스러웠을까? 그리고 온전히 돌보지 못한 가족들에 대한 미안함과 마지막까지 쥐고 있었을 가장으로서의 책임감이 얼마나 큰 무게로 그를 짓눌렀을까? 차라리 시시각각 다가오는 죽음의 공포가 오히려 가벼워 자신의 선택을 끝까지 감행한 것은 아니었을까? 난 친구가 참담하게 겪었을 온갖 상념들을 이리저리 꿰맞춰보며 '죽음은 때로는 태산보다 무겁고 때로는 새털보다 가볍다人固有一死 或重於太山 或輕於鴻毛'고 한 사마천의 말을 수도 없이 되뇌고 있었다.

선택받은 나이

『고독이라는 병』과 『영원과 사랑의 대화』는 학창시절 열 번도 더 읽었던 수상집 제목이다. 당시 라디오방송에서도 자주 접할 수 있었던 필자 김형석 교수의 잔잔한 인생론은 나직이 들리는 음악처럼 지혜에 목말랐던 사람들에게 차고 맑은 샘물이었다.

간혹 '이젠 교수님 연세가 꽤 높으실 텐데' 하며 근황이 궁금하던 차에 오늘 마침 조간신문의 인터뷰 기사를 통해 만나뵐 수 있었다. 반갑고 놀라웠다. '지금도 강연하는 96세의 철학자 김형석'이라는 제목이 말해주듯 환하게 웃는 그분의 사진 속에는 어디에도 세월이 스친 흔적을 찾아볼 수 없었다. 건강하고 단정한 모습에선 평생 지니고 사셨을 절제와 겸손이 고스란히 묻어났다.

말씀 하나하나가 모두 주옥같았지만 유독 마음에 와닿는 내용이 있었다. '만약 인생을 되돌릴 수 있다면, 어느 나이로 가고 싶은가요?'라는 물음에 '육십'이라고 답하신 선생님은 예상 밖이라는 기자의 반응에 "젊은 날로는 돌아가고 싶지 않아요. 그때는 생각이 너무 얕아서 행복이 뭔지 몰랐어요"라고 대답했다. 대개가 이삼십대를 인생의 꽃으로 생각할진대 선뜻 육십대를 선택한 답변은 나름 충격이었다.

덧붙여 행복의 정의를 묻는 질문에 "사랑하는 사람을 위해 고생하는 것이 행복이지요"라고 한 말씀 또한 오래 묵은 침향의 향기 같았다.

얼마 전 환갑을 보내며 이런저런 상념에 헛헛해하던 나로선 특히 눈길이 가는 대목이 아닐 수 없다.

돌아보건대 내게도 한껏 몰아치던 열정의 시기가 있었다. 이삼십대의 그 당찼던 기억은 지금 생각해도 팔팔하다. 몰라서 더욱 용감했고 넘어져도 금방 다시 일어났다. 목표가 있었기에 속도도 무섭지 않았고 소소한 성취는 오히려 욕망을 더 크게 키워나갔다. 다짐했던 꿈을 위해 있는 힘을 다 했다. 옆도 뒤도 살피지 않았다. 앞서가는 사람은 미웠고 처지는 사람은 경멸했다.

그러나 한편으론 노상 허둥대고 비틀거렸다. 미래에 대한 불안은 목을 옥죘고 하루하루 조바심에 입안은 깔깔했다. 비 오듯 땀이 솟고 턱까지 숨이 찼다. 허나 아무리 애를 써도 모든 게 뜻대로 되진 않았다. 하나를 가지면 두 개가 탐났고 둘이 생기면 열 개가 삼삼했다. 헐떡이며 올랐던 산 앞에는 더 큰 산이 놓여 있고 그 산 뒤로는 고산준령이 버티고 있었다. 하지만 그게 전부였다. 많은 것을 포기하고 올랐던 고지는 한낱 텅 빈 공터였다. 점점 지쳐갔고 주름과 흰머리만 늘어났다. 그때서야 비로소 버렸던 것의 소중함을 알았다. 그동안 소홀했던 가족과 친구들이 차츰 눈에 들어왔다. 힘들 때마다 나를 지켜준 것이 바로 그들의 격려와 용서였음을 뒤늦게 깨달았다. 되돌릴 수 없는 게 인생이라 했던가. 허망하고 억울했다.

그러니 난들 어찌 그 시절이 달갑기만 하겠는가. 곰곰이 생각해봐도 그때로의 회귀는 선뜻 내키지 않는다.

게다가 행복에 대한 생각도 부실하기 짝이 없었다. 오직 한발 앞선 성공만이 행복의 전부라 여기며 허우적댔다. 주변을 이해하기엔 시간이 없었고 남을 배려하기엔 정신없이 바빴다. 시선은 늘 무엇을 찾아 두리번거렸고 가슴은 부서질 듯 바싹 말라 있었다.

사랑하는 사람을 위해 고생하기는커녕 나를 위해 고생한 사람마저도 나 몰라라 했으니 '사랑하는 사람을 위해 고생하는 게 행복'이라는 말은 꿈에도 생각해본 적이 없다. 행복은 희생을 바탕으로 주변을 따뜻하게 만들 때 피어나는 꽃일 텐데, 하나만 알고 둘은 몰랐던 내게 그 꽃이 보일 리 만무했다.

내 나이 이제 육십을 넘겼다. 근 한 세기를 살아온 철학자가 다시 한번 살아보고 싶다는 바로 그 나이다. 그런데 요즘도 열심히 글을 쓰고 사색하며 강연을 하신다는 그 원로元老의 모습은 나를 그만 무색하게 만든다. 이젠 모든 걸 내려놓고 남은 인생 어영부영 홍타령이나 부르려 했던 내가 얼마나 한심한지 얼굴이 화끈거린다.

수명이 점점 늘어나는 요즘, 육십대는 지금 막 여름을 보내고 초가을로 접어든 나이다. 또 모양새는 얼추 익어보여도 풍미가 덜 스민 과일과 같고, 색깔은 붉어졌어도 윤기는 그대로 남은 단풍잎 같은 나이다. 젊다고 우길 나이는 아닐지라도 늙었다고 맥 놓을 나이는 분명 아니다. 비록 아침저녁 찬바람은 살랑거려도 한낮의 태양은 얼마나 뜨겁게 이글대는가.

희곡을 쓸 때, 결말에 가까워질수록 장면은 짧아지고 행동은 빨라져야 한다는 법칙이 있다. 삶도 그렇다. 지금 더 이상 미적대면 안 된다. 빠른 판단으로 내가 해야 할 일을 찾아 불을 지펴야 한다. 아직은 팽팽한 팔뚝과 튼실한 장딴지가 아깝지 않은가.

부디 '내가 이 나이에 뭘 하겠어'라고 스스로 만든 돌부리에 넘어지지 말고 천천히 그러나 똑바로 달려가볼 일이다. 이제야말로 주변이 가까스로 보이고 조금씩 알 것 같으니 말이다.

*조선일보 2015년 6월 29일 칼럼 〈최보식이 만난 사람〉 철학자 김형석 교수 편을 읽고 쓴 글.

용서할 수 없다

인터넷에서 본 사진이다. 두 손을 앞으로 공손히 모우고 계면쩍게 서 있는 백인 남성과 휠체어에 앉아 괴로운 표정으로 고개를 숙이고 있는 흑인 남자, 숨이 막힐 듯 어색함이 감도는 광경이다. 사진 앞에는 〈'살인누명' 30년 복역 남성, 옥살이 시킨 검사 재회〉라는 제목이 붙어 있었다. 사연인즉 기가 막혔다.

1급살인 혐의로 사형을 선고받고 복역 중이던 죄수가 무죄로 풀려났다. 그리고 출소 2개월 뒤 폐암 말기 판정을 받고 1년여 간 투병하다 숨졌다. 2015년 6월 29일 사망한 미국 뉴올리언스의 흑인 남성 글렌 포드Glenn Ford의 삶이다. 그런데 더 어이없는 건 주정부의 손해배상을 단 한 푼도 받지 못했다는 사실이다. 숨을 거둘 때까지 그는 시민들의 성금으로 생계와 투병 비용을 대야 했다.

살인 사건은 1983년 11월 5일 루이지애나 주에서 발생했다. 보석상 주인 로즈먼이 무장강도가 쏜 총에 숨진 거였다. 경찰은 4명의 용의자를 체포했다. 그 중 한 명이 로즈먼의 정원사였던 34세의 글렌 포드였다. 범행 무기도 발견되지 않았고 지문을 포함한 그 어떤 물증도 없었지만, 모든 정황이 포드에게 불리했다. 우선 그가 흑인이었고 피해자의 사정을 잘 아는 정원사였으며 감식 결과 범인이 왼손잡이라고 판명됐는데 공교롭게도 포드가 왼손잡이였다. 그러나 무엇보다도 결정적인 것은 그가 보석상에서 도난당한 물건 일부를 전당포에 맡긴 사실이 드러났고, 게다가 범행 현장 주변에서 포드를 목격했다는 증언까지 나왔다. 물론 그 증언은 다른 용의자의 여자 친구가 한 거였지만, 이미 심증을 굳힌 경찰은 그 점을 대수롭지 않게 여겼다.

포드는 당연히 결백을 주장했다. 전당포에 맡긴 건 평소 친분이 있던 용의자 중 한 명에게서 선의로 얻은 물건이었고, 장물인 줄은 몰랐다는 게 그의 주장이었다. 검찰은 1984년 12월 5일, 포드와 나머지 용의자들을 1급살인 혐의로 기소했다. 그때 주검찰청 수석 검사가 마티 스트라우드Marty Stroud였던 것이다.

포드에게는 2명의 국선 변호인이 배정됐다. 형사사건을 단 한번도 맡았던 적이 없고 배심원 재판에 참여해본 적도 없는 초임 변호사들이었다. 그들은 알리바이와 증언의 진위를 확인해달라는 포드의 요구를 묵살했다. 법원은 2개월 뒤 포드에게 사형을 선고했고, 모두 백인이었던 배심원들은 나머지 세 피고에 대해서는 무죄를 평결했다.

포드는 교도소 가운데 수형 여건이 최악이라 알려진 앙골라 교도소 0.8평 사형수 독방에 수감됐다. 거의 해마다 검찰과 주정부에 재조사를 청원했지만 거부당했다. 그러다 2012년 다른 살인사건을 조사하던 중 정보원으로부터 1983년 로즈먼 살인사건의 주범이 재판 과정에서 무죄로 풀려난 셋 중 둘이고, 포드는 살인에 관한 한 아무 관련이 없다는 진술을 듣게 된다. 재수사 결과 그 진술은 사실로 확인됐다.

2014년 3월 11일 연방법원은 원심 판결을 무효화했고, 포드는 당일 석방됐다. 구속된 지 29년 3개월 5일 만이었다. 자유인이 된 64세의 그에겐 교도소에서 교통비 명목으로 지급한 20달러짜리 직불카드 한 장과 교도소 노역 통장에 든 4센트뿐이었다. 그리고 그는 두 달 뒤 폐암 말기 진단과 함께 시한부 선고를 받게 된다.

하지만 그의 불운은 그게 끝이 아니었다. 무고한 형기에 대한 정부 보상금을 신청했으나 검찰청은 포드의 장물 처분 사실을 들어 '무고한 피의자에 한해 지급한다'는 배상 규정에 부합하지 않는다며 집행을 거부했고, 2015년 3월 법원 역시 "포드의 손에 피가 묻지는 않았지만, 그의 손이 깨끗한 것은 아니다"라며 검찰 편을 들었다.

이때 가장 당혹스러웠던 사람은 당시 검사였던 마티 스트라우드였다. 양심의 가책으로 괴로워하던 그는 법원의 배상불가 판결 직후 법원 결정을 비판하는 신문 사설에 동조하며 자신의 입장을 밝혔다. "제도의 허점이 그의 삶을 철저하게 파괴한 만큼 주정부는 그 어떤 방법을 동원해서라도 그에게 최대한 보상을 해주어야 한다. 그가 겪었던 고통에 대한 배상을 정의의 이름으로 회피하려는 주정부의 뻔뻔스러움에 소름이 돋는다"고 말했다. 그리고 "이제야 33살의 젊은 검사였던 내게 다른 사람의 생사를 판단할 능력이 없었다는 사실을 뼈아프게 깨달았다"며 진솔하게 반성했다. 스트라우드는 자신이 글렌 포드의 재판을 처음부터 끝까지 지켜봤고, 사형선고가 내려질 때 마침내 정의가 실현됐노라 믿었으며, 마땅히 할 일을 해낸 자신이 자랑스러웠고, 그날 밤 동료 검사들과 몇 번씩 자리를 옮겨가며 축배를 들었다고, 그리고 피해자 가족들로부터 감사인사까지 받았다고 고백했다. "나는 오만했고, 심판하길 좋아했으며, 스스로에게 도취됐었고, 또 자신만만했다. 나는 정의 그 자체보다 내가 이기는 것에 더 몰두했다. 바로 나 자신이 모든 걸 망쳤다"고 울먹였다.

그리고 지난 4월 그는 병석의 글렌 포드를 찾았다. "내가 결코 좋은 사람이 아니며, 무덤에 갈 때까지 그 오점이 씻기지 않을 것임을 안다"며 고개를 숙였다. 일어설 힘조차 없어 앉아서 그와 악수를 나눈 포드는 "하지만 옥살이가 끝이 아니었다"고, "지금 내게는 시한부 선고가 내려져 있다"고 말한 뒤 어렵사리 진심을 털어놨다. "미안합니다. 나는 당신을 용서할 수 없어요. 정말 못하겠어요. 정말요I'm sorry. I can't forgive you. I really am. I really am." 그리고 그는 입을 굳게 다물었다.

용서란 남이 지은 죄를 벌하지 않고 너그럽게 이해하는 것이다. 사람들 중에는 이미 다 지난 일을 어쩌겠냐며 눈 한번 질끈 감자고도 할 수 있다. 그러나 그게 어디 쉬운 일일까? 하늘과 자신만은 분명히 알고 있었던 결백을 밝히지 못해 억울함을 곱씹으며, 그 깜깜한 수렁 속에서 허우적댔을 30년을 생각하면 누가 함부로 말할 수 있단 말인가.

●

게다가 생명마저 자자드는 절박한 시점에 용서라는 단어를 과연 떠올릴 수 있을까. 생각해보면 그가 마음속 화염을 끝내 감추지 못한 것은 처절하기 그지없는 자신의 삶에 대해 스스로 할 수 있는 작은 보상이며 세상에 대한 피맺힌 항변은 아니었을까?

하긴 무엇이 그에게 위로가 될 수 있겠는가. 속절없이 가버린 세월을 되돌릴 수 없는 한 그가 받을 수 있는 보상은 전혀 없었다.

만약 신神이 있다면 죽음을 코앞에 두고도 끝까지 용서할 수 없었던 그를 뭐라고 나무라실까? 아! 신이 있기는 하는 걸까?

가엾고 무심한 사람

한 장의 사진이 이렇듯 가슴을 후벼팔 수가 없다. 벌써 한 시간째 컴퓨터 모니터를 통해 나는 그의 사진을 보고 있다. 어느 지하철 좌석에 앉아 셀카로 찍은 S의 사진. 약간 올려 뜬 크고 순한 눈동자가 검은 뿔테 안경 속에서 나를 쳐다본다. 금방이라도 씩 웃으며 말을 걸어올 듯 정겨운 표정이다. 작년이었던가? 그가 출근길에 찍었다며 메일로 보내준 사진이다. 지금 그와 나 사이에 남은 건 이 사진 한 장이 전부다.

"선생님! 놀라지 마십시오. 지지난주 일요일 직장동료들과 등산을 갔던 S가 갑자기 심장마비로 세상을 떠났습니다. 산속이라 헬기를 부르고 나름 손을 썼지만 병원에 도착하기도 전에 사망을 했다는군요. 너무 황망해 말씀을 드려야 할지 말아야 할지 망설였지만 조만간 소식 없는 그를 궁금해하실 것 같아 늦게나마 알려드립니다." 제자 P의 뜬금없는 소식에 나는 망연자실 가슴이 철렁 내려앉았다. 그렇지 않아도 일주일이 멀다하고 전화를 하던 그가 어째 뜸하다 했는데 이미 이 세상 사람이 아니라니 나는 할 말을 잃었다.

내가 유난히 놀라고 가슴이 미어진 것은 불과 넉 달 전, 그의 어머니가 교통사고로 갑자기 돌아가셔서 문상問喪을 다녀왔기 때문이다. 신을 벗고 영안실 문턱을 넘자 와락 내 손을 잡고 울부짖던 모습이 아직도 눈에 선한데 그마저 이렇듯 세상을 떠나고 말다니 이 무슨 변괴란 말인가.

20년이 넘는 나이 차이에도 그와 친히 지냈던 것은 우연이다. P가 주도하던 독서클럽에서 그를 처음 만났다. 그는 P의 대학 후배였고 문학을 좋아하는 맑은 청년이었다. 말수는 적었지만 늘 웃는 얼굴과 툭툭 던지는 농담이 주변 사람들을 유쾌하게 만들었다. 별 인연이 없음에도 유독 가까웠던 것은 그의 직장이 마침 내 집 근처여서 퇴근 무렵, 자주 마주쳤기 때문이었다. 자연스레 한두 번 술자리가 있었고, 그가 한 수 지도한다는 명목으로 드나들던 당구장이 한몫을 했다. 나보다 한참 고수高手였지만 게임을 할 땐 늘 진지했다. 공이 살짝 비껴나가면 커다란 체구에 발을 구르며 아쉬워하는 모습이 어린애 같아 입가에 미소가 번졌다. 하긴 인연이 별 거던가. 자주 만나다보니 저절로 그 끈이 질겨졌던 것이다.

게다가 내가 중신을 해, 혼인까지 하게 되면서부터는 친척 아저씨뻘쯤으로 생각해 부쩍 스스럼없이 대했다.

외동아들이었던 그가 결혼을 하자, 부모님들은 살던 집을 물려주고 홀가분한 마음으로 서울 근교에 전원주택을 짓고 나가 사셨다. 결혼이 늦은 부부는 곧바로 아들을 하나 낳더니 다음엔 아들 쌍둥이를 낳아 손이 귀한 집안에 겹경사를 만들었다. 초등학교 교사였던 아내는 산후조리만 마치면 아이들을 시부모께 보내 맘 편히 직장생활을 계속 했고, 부모님들은 당연하다는 듯 셋이나 되는 손자들을 맡아 키우며 육십대 후반, 복에 겨운 나날을 즐기며 사셨다. 그는 수시로 자기들의 신혼은 언제 끝날지 모른다며 너스레를 떨었고, 행복이 줄줄이 엮어진다며 싱글벙글 입을 다물지 못했다.

근데 행불행은 손바닥의 안과 밖이라고 했던가. 급작스런 어머니의 사고는 집안을 송두리째 뒤흔들며 엉망진창으로 만들었다. 아내는 당장 휴직을 해 애들을 맡아야 했고, 갑작스런 변고를 감당하지 못한 아버지는 넋이 나간 채 누워만 계신다고 했다.

"닥친 횡액을 어쩌겠나? 자네가 정신차리고 잘 수습해야 하네. 불행은 깡패처럼 몰려다닌다지 않던가. 아이들도 걱정이지만 맥 놓고 계신 아버지가 더 큰일일세. 무슨 수를 써서라도 하루빨리 기운을 차리시도록 힘써보게나." 어머니 장례식을 마치고 두어 달 만에 인사차 연락을 한 그에게 내가 당부한 말이었다.

"이젠 그럭저럭 편안해졌습니다. 받아드려야지요. 그동안 여러 모로 도와주셔서 감사드립니다. 일간 찾아뵙겠습니다." 그도 많이 차분해져 있었다.

근데 그게 아니었단 말인가. 아무리 한 치 앞을 모르는 게 사람의 목숨이라지만 이렇듯 느닷없이 뒤통수를 칠 줄은 정말 몰랐다. 끝내 어머니의 죽음이 그의 몸과 마음을 짓이겨놓은 게 분명했다. 간혹 뚱뚱한 체격을 걱정하긴 했지만 젊은 사람인데다가 운동도 열심히 하는 터라 이 같은 일이 생길 줄은 꿈에도 몰랐다.

'삶이란 날아가는 기러기가 눈밭에 발자국을 찍는 거와 같다'더니, 곧 지워질 자국만 남긴 채 이렇게 사라지고 마는 것인가. 참 허망하기 그지없다. 죽음도 받아드릴 시간이 필요한 것이다. 예행연습까지는 아니더라도 인정해야 할 시간적 여유가 필요한 건 아닐는지.

길을 걷다가도 문득 그의 얼굴이 스쳤고, 함께 다녔던 찻집엘 가면 불쑥 앉아 있기 일쑤였다. 차오르는 달 가운데도, 붉게 물드는 노을 속에도 설핏설핏 그의 모습이 얼비쳤다. 그러나 아무리 아리고 쓰려도 내가 할 수 있는 일은 아무것도 없었다. 고작 이 글을 씀으로써 홀연히 떠난 그의 넋을 위로하고 갈망 못할 내 슬픔을 조금이나마 다독일 뿐이다.

오는 주말, 그의 집을 찾아가볼 생각이다. 무슨 위로가 될까마는 그와의 정리情理를 생각하면 그냥 있을 수만은 없다. 하지만 걱정이 태산이다. 넘어지고 쓰러져도 다시 일어나는 게 인생이라지만 무슨 말로 남겨진 그들의 처지를 달랠 것이며, 또 천지를 모른 채 오디 같은 눈만 깜빡거릴 세 아이의 얼굴을 쳐다볼 수 있단 말인가. 억장이 무너지고 가슴이 후들거린다.

생각사록 가엾고 무심한 사람아!

터미널에서 생긴 일

아침 8시에 출발하는 버스다. 홍천에 사는 친구 집엘 갔다가 서울로 오기 위해 시외버스터미널에 도착했다. 출발 10분 전, 버스는 이미 승강장에 대기하고 있지만 개찰은 하지 않고 있었다. 잰걸음으로 온 나는 숨을 고르며 버스 앞 나무의자에 앉았다. 승객이라곤 서 있는 네댓 사람과 앉아 있는 사람 둘이 전부다. 이때다. 스물댓 살쯤 됐을까? 작달막한 체구에 유독 창백해뵈는 청년이 큼지막한 가방 하나와 작은 보따리를 내 옆에 내려놓으며 "죄송합니다만 이 차를 타실 건가요?"라고 물었다. 내가 고개를 까딱이자 "그럼 이 짐을 잠깐만 맡아주시면 안될까요?" 하고는 왔던 쪽을 향해 급히 뛰어갔다. 난 미처 대답할 틈도 없었다. 그저 피치 못할 사정이 있겠거니 싶어 무심히 그의 뒷모습을 바라보고 있는데 그 쪽으로 마침 화장실 표지가 보였다. 그때서야 난 고개를 끄덕이며 편하게 생각했다.

그런데 사달이 생겼다. 옆 차를 출발 시킨 검표원이 우리 쪽으로 와

버스 문을 열며 개찰을 시작하는 거였다. 그러나 그는 올 기미가 없었다. 난 그가 달려간 쪽과 짐을 번갈아 바라보며 초초하게 시계를 꺼냈다. 8시 정각이다. "이 차 탈 거 아네요?" 큰소리로 묻는 검표원의 말에 우물쭈물 대답을 못한 채 엉거주춤 서 있었다. 이때 짧은 벨소리가 들리자 버스는 출발하기 시작했다. 난감하기 짝이 없었다. 버스는 출발하고 이상하다는 듯 날 쳐다보던 검표원도 다른 비스 쪽으로 옮겨갔다. 어찌된 일일까? 난 그 자리에 서서 아직도 오지 않는 그를 기다리고 있었다.

바로 그때, 건물 안 매점 앞에 사람들이 웅성거리며 몰려들었다. 난 혹시나 싶어 그가 맡긴 가방과 보따리를 들고 그곳으로 갔다. 그런데 이게 무슨 일이란 말인가. 좀 전에 얼핏 봤던 그 청년이 쓰러져 온몸을 비틀며 눈을 허옇게 뜬 채 경련을 일으키고 있었다. 입에선 거품 같은 침이 흘렀는데, 말로만 듣던 뇌전증(간질) 발작이었다.

누군가가 신고를 했는지 구급차가 도착했다. 그가 구급차로 옮겨질 때 난 정신없이 뒤를 좇았다. 그리고 구급대원들에게 사정을 말했으나 무슨 영문인지 알아듣지 못한 그들은 짐을 실으며 나도 같이 타라고 소릴 질렀다. 참 곤혹스런 일이 아닐 수 없었다.

병원에 도착해 그가 응급실로 옮겨질 때도 나는 그의 짐을 챙겨든 채 기를 쓰며 따라갔다. 발작은 멈추었지만 초점 잃은 눈을 껌벅이던 그는 목이 마른지 계속 입맛을 다시고 있었다. 아직 옆에 있는 나를 의식하지 못하는 듯 보였다. 난 짐이 있는 한 꼼짝없이 그의 옆을 지킬 수밖에 없었다. 얼마 지나지 않아 바스러질 듯 가녀린 여인이 혼이 나간 듯 비칠대며 나타났다. 청년의 어머니였다. "아이고 이게 또 무슨 일이냐? 한동안 뜸하더니 내 이럴 줄 알았다. 그러게 이 몸으로 대체 어딜 가겠다는 거야." 짜글짜글 주름투성이 속 빠끔한 두 눈은 젖어 있었다. 노점상을 하는지 허리에 찬 전대에서 꾀죄죄한 수건을 꺼내 눈물을 찍어냈다. "서울만 가면 무슨 수가 생긴다더냐? 왜 잊어버릴 만하면 한번씩 보따리를 싼단 말이냐. 하나밖에 없는 누날 아예 말려 죽여라, 이놈아! 지난해도 동서울터미널에서 쓰러져 네 누나가 얼마나 고생을 했는지 알아! 그리고 돈은 또 얼마나 깨먹었는지 알기나 해 이놈아! 차라리 자꾸 이럴 거라면 나랑 같이 죽자! 농약이라도 마시고 죽어 없어지잔 말이다." 절규에 가까운 어머니의 목소리는 처절했다. 하지만 그 청년은 기운이 없는지 가느다란 팔을 축 늘어뜨린 채 멍한 시선만 두리번대고 있었다. "하긴 너도 죽을 맛일 테지. 젊은 놈이 허구한 날 집에 처박혀 놀고먹으니 무슨 낙이 있겠냐만, 그렇다고 그 몸에 취직이 가당키나 하단 말이냐. 누가 너한테 밥을 빌어 오랬냐? 돈을 벌어 오랬냐? 네가 한번씩 이럴 때마다 네 누나한테 미안해 얼굴을 들 수가 없어. 제발 정신 좀 차려, 이놈아! 내 이러다 지레 죽고 말지 싶다!"

몹쓸 지병을 갖고 산다는 것이 얼마나 괴로운 일일까? 또 그것을 알고 그 고통을 고스란히 나눠져야 하는 어머니의 마음은 또 얼마나 참담할까? 낳아 기른 자식을 향해 같이 죽자고 송곳 끝보다 더 뾰족한 소릴 해대는 어머니의 기막힌 속을 누가 안단 말인가. 시간이 약이라지만 시간이 지날수록 더 깊어지는 상처도 얼마든지 있다. 위로할 수 없는 이 절망적 상황에서 나는 입을 뗄 수가 없었다.

누워 있는 아들에게 푸념을 쏟아내던 어머니는 불현듯 옆을 지키던 나를 올려다보며 의아해했다. 난 지금까지의 정황을 말씀드리고 한쪽에 놓인 가방과 보따리를 손으로 가리켰다. "아이고! 미안해서 이를 어째! 우리 애 땜에 괜한 고생을 하셨구려! 죄송해서 어쩌면 좋아요." 난 손사래를 쳤다. 그리고 가방과 보따리를 침대 옆으로 옮겨주며 청년을 바라보았다. 그제야 날 알아보겠는지 몸을 반쯤 일으키며 계면쩍은 표정을 지어 보였다. 특별히 할 말이 없던 난 가볍게 목례를 하고 나오려는데 굳이 인사를 하려는지 그 청년이 침대에서 내려섰다. 난 괜찮다는 듯 고개를 끄덕이며 돌아섰다. 서너 걸음쯤 걸었을 때였다. "아니, 얘가 왜 이래! 의사선생님! 애 좀 살려주세요. 여기요, 여기! 우리 애 좀 살려주세요! 얘가 왜 이런지 모르겠네요." 여인의 고함소리가 응급실 전체를 뒤흔들었다. 돌아보니 청년이 침대 밑에 쓰러져 있고 의사들이 모여들었다. 아마 발작 직후라 탈진한 상태에서 일어서려다 쓰러진 것 같았다. 사람들은 그를 침대에 다시 눕히고 화급히 조치를 취했다. 사람들 사이로 힘없는 그의 눈동자가 나를 쳐다보고 있었다. 그의 옆에는 조금 전까지 아들의 어깨를 흔들며 같이 죽자고 악을 쓰던 사람은 사라지고, 자식이 안타까워 어쩔 줄 모르는 한 어머니가 겁에 질린 채 허둥대고 있었다. 앞으로도 이 애물단지를 끌어안고 힘겹게 버텨야 할 어머니의 딱한 모습이 뿌연 내 눈에 오도카니 들어왔다.

●

병원 문을 나서니 비가 뿌리고 있었다. 난 비를 맞으며 천천히 발걸음을 옮겼다. 영 가시질 않을 짠한 마음속으로 축축한 바람이 불어대고 있었다.

Part Ⅲ

침묵의 매

- 눈만으로도 정이 든다
- 수행의 문
- 한 생각 돌이키면
- 침묵의 매
- 너무 더딘 깨달음
- 깨달음, 향기가 되다
- 모든 벽은 문이다
- 괴각乖角도 한 소임所任이니라
- 퇴직 유감有感
- 시차는 있어도 오차는 없다
- 종이함
- 어쨌든 죽은 후가 깨끗해야 해!

눈만으로도 정이 든다

"지금 이 순간부터 수행이 끝나는 23일 동안, 여러분들은 절대 말을 해서는 안 됩니다. 조석예불과 사시불공巳時佛供 때 하는 염불 및 독경讀經 외에 입을 열어서는 안 된다는 말입니다. 어떤 질문도 해서는 안 되고, 대답을 해야 할 때는 소리 없이 합장을 하면 됩니다. 심지어 하품이나 트림도 소리 나게 하면 '작성作聲참회' 108배를 해야 합니다. 모두 잘 알아들었지요?"

이제 막 입소 절차를 마치고 낯선 분위기에 어리둥절해하는 사람들 앞에서 찰중察衆 스님은 엄한 목소리로 다짐을 받았다. 사람들은 입을 꾹 다문 채 방금 가르쳐준 대로 합장을 하며 고개를 숙였다.

이곳에서 가장 강조하는 것은 '묵언默言'과 '하심下心'이다. 법당과 대방大房은 물론이거니와 지대방과 복도에도 대문짝만하게 쓰여 있는 것이 오직 이 두 단어였다.

"말을 많이 하면 그 말 속에 갇히게 됩니다. 묵언수행은 세상과 간격을 갖는 겁니다. 번잡한 삶에 묻혀버린 자아를 찾는 길이며, 멋대로 뻗은 생각의 가지를 쳐주는 일입니다. 아울러 묵언은 대자연의 모든 걸 흡수하고, 부족한 스스로를 성찰하여 마음을 밝히는 일입니다. 때문에 참된 묵언이란 말뿐만이 아니라, 몸과 뜻까지도 침묵하는 겁니다. 입만 다물고 있다고 묵언이 되는 게 아니라, 끊임없이 올라오는 생각과 번뇌도 내려놓으라는 말입니다. 가능한 몸도 움직임을 줄여 허덕이지 말아야 진정한 묵언이라 할 것입니다." 미심쩍은 듯 다시 한번 강조하는 학감學監 스님의 말씀은 나직했지만 단호했다.

오대산 월정사 〈단기출가학교〉는 규율이 엄하기로 정평이 나 있다. 오죽하면 77명이 입교했다가 절반 가까운 사람들이 견디지 못해 41명만 졸업을 했을까? 하루하루가 자신과의 치열한 싸움이었다.

2016년 7월 1일부터 23일까지 나는 출가를 감행했었다. 짧은 기간이지만 삭발을 한 채 염의를 걸치고[落髮染衣] 진정한 출가를 체험하기 위해서였다. 퇴직을 하면 꼭 한번 해보리라 생각했는데 시절인연이 무르익었던 것이다. 삶의 한 매듭을 짓고 숨을 돌리며 팍팍했던 인생을 돌아보는 일, 무엇을 얻기 위함이 아니라 내려놓기 위함이니 홀가분한 마음이었다. 지금까지 입고 있었던 아만我慢과 무지無知의 옷을 벗어놓고, 천천히 전나무숲을 걸으면서 풀향기를 맡고 바람소리를 들으며 진정 나와 만나고 싶었다. 그리고 묵언을 통해 너무 많은 말을 하고 살았던 지난날의 말빚을 갚고자 한 생각도 발심發心에 큰 몫을 했다. 또 108배와 3천배 그리고 적멸보궁까지의 삼보일배를 통해 하심을 몸으로 익혀 너그러운 마음으로 남은 생을 마무리하고 싶었다.

하지만 무엇보다도 힘들었던 것이 묵언수행이었다. 묵언이 익어갈수록 머릿속 생각은 잦아든다는데 어리석은 나에겐 맞는 말이 아니었다. 들불이 일듯, 온갖 사념은 과거와 미래를 쉼 없이 넘나들고 이리저리 엉키며 요동쳤다.

입을 관觀하고 묵언을 지키면 마음에 고요가 찾아온다고 잘 알고 있었건만, 머리로 아는 일을 몸뚱이는 왜 이렇듯 따라주지 않는 건지 수행 기간 내내 동동거렸다.

"말을 아끼는 사람은 밖으로 빼앗기는 기운을 돌려 내면을 밝힐 수 있습니다. 말이 밖으로 치닫는 연습이라면, 묵언은 안으로 가라앉히는 공부입니다. 묵언만으로도 내면을 관조하는 힘을 높일 수 있고 긍정적 몸 상태를 유지할 수 있습니다. 평소 말을 많이 하게 되면 혀의 색깔이 붉은 빛을 잃고 허옇게 되는데, 한 열흘쯤 묵언을 한 후에 혀의 색깔을 살펴보십시오. 혀 본래의 연한 붉은색으로 돌아와 있을 것입니다. 혀는 건강의 바로미터라고 합니다. 묵언이 몸에 얼마나 좋은지 확인할 수 있을 겁니다"라는 스님의 이야기는 채 열흘도 되지 않아 수행자 모두를 깜짝 놀라게 만들었다.

온종일 고된 일과를 마친 수행자들은 남녀를 구분해 동서로 나뉜 대방에서 함께 자는데, 무슨 일이든 번호순대로 하다 보니 수행 기간 내내 같은 사람 옆에서 자야 했다. 그러나 묵언 중이니 서로에 대해 알 수 있는 방법이 전혀 없다. 나이가 몇 살인지, 어디서 왔는지, 또 무슨 일을 하던 사람인지, 도무지 알 길이 없어 얼굴을 맞대고 있으면서도 맹숭맹숭 싱겁기가 짝이 없었다.

그런데 참 희한한 일이다. 시간이 지날수록 조금씩 정이 드는 거였다. 말 한마디 못하고 그저 바라볼 뿐인데 눈이 마주칠 때마다 얼굴엔 차츰 미소가 번지며 소소한 정이 싹트는 것이었다. 그래선지 안 보이면 두리번거리게 되고, 있어야 할 곳에 자꾸 눈길이 가곤 했다. 어려운 일이 생기면 먼저 나서고, 힘들 때는 저마다 손을 내밀었다. 배려하는 착한 마음이 향기를 풍기며 피어올랐다. 숙세宿世의 인연이 당겨서일까? 아니면 아직도 끊어내지 못한 세속의 습習이 남아서 그런 것일까? 아무튼 서로를 따뜻하게 품으며 우린 힘든 수행 과정을 무사히 마칠 수 있었다.

졸업식이 열린 대법륜전大法輪殿엔 숙연함이 감돌았다. 수행의 감회가 온몸으로 전해왔다. 문득 '선방 수좌들은 공부에 방해가 된다고 눈마저 맞추지 않는다'는 말이 생각났다. 참 비정하리 만큼 매몰찬 말이다. 하지만 눈만으로도 정이 든다는 것을 알기 때문에 생겨난 말이 아닐까? 정말 사람은 눈만 가지고도 정이 드는가 보다. 도반道伴들의 순한 눈매가 지금도 그립다.

수행의 문

300년 전쯤 일본의 백은선사白隱禪師가 주석駐錫했던 절 앞에는 신심이 돈독하여 스님을 정성스레 받들던 두부가게 주인이 있었다. 그에겐 시집 안 간 딸이 있는데 언제가부터 배가 불러오더니 그만 아이를 낳았다. 기가 막힌 부모가 노하여 애 아버지가 누구냐고 다그치자, 겁에 질린 딸은 평소 아버지가 존경하던 백은선사를 지목하면 행여 용서받지 않을까 싶어 엉겁결에 스님이라고 둘러댔다.

실망감에 노여움을 감출 수 없던 두부장수는 당장 쫓아올라가 스님께 차마 욕은 못하고 "미거한 딸년을 돌봐주시어 혈육을 잉태케 하셨더군요" 하며 갓난애를 팽개치듯 떠맡기고 돌아왔다. 스님은 가타부타 아무 말도 하지 않았다. 그리곤 여기저기 찾아다니며 동냥젖으로 그 아이를 건사했다. 일이 이 지경에 되고 보니 신도들마저 스님을 손가락질하며 외면했고 절은 점차 황폐되었다.

1년이 지난 어느 날, 딸은 양심의 가책을 견디지 못해 애 아버지가 다른 사람이라는 사실을 털어놨다. 딸의 이야기를 듣고 난 부모는 처음보다 더 놀라며 어쩔 줄 몰라 했다. "이거 큰일 났구나. 이런 죄업이 또 어디 있단 말인가!" 부부는 즉시 스님에게 달려가 지난날을 백배 사죄하며 아이를 돌려주십사 청했다. 스님은 잠자코 아기가 놀고 있는 곳을 손가락으로 가리키고는 묵묵히 밭으로 들어가 김을 맸다.

생각할수록 대단한 인욕행忍辱行이다. 원망이든 용서든 무슨 말인가는 해야 하지 않았을까? 하지만 어떤 감정의 흔적도 남기지 않고 그저 무심의 경지를 내보인 스님의 행동에 머리가 숙여질 뿐이다.

세상을 살다보면 뜬금없이 벌어진 일로 황당할 때가 있다. 나와 무관할 뿐더러 내 잘못이 아닌데도 불구하고 모든 책임을 뒤집어쓴 채 꼼짝없이 곤욕을 치러야 할 때가 있다.

중학교 3학년 때다. 학년말시험이 임박했던 영어시간이었다. 선생님께선 깐깐하고 엄한 분이었다. 한참 강의를 하고 계실 때, 사환使喚이 찾아와 무슨 말을 전하자 잠시 교무실에 다녀오마고 책을 그대로 놔둔 채 서둘러 나가셨다. 근데 선생님은 종이 칠 때까지 오지 않았고 쉬는 시간에 사환이 선생님의 책을 챙겨갔다. 나는 다음 수업 준비를 하고 있었다. 그때 옆자리 친구인 P가 접힌 종이 한 장을 조심스레 건네주며 작은 소리로 말했다. "너만 알고 있어. 조금 전 호기심에 선생님 책을 펼쳐봤더니 책갈피에 이게 두 장 있는 거야. 이번 영어 시험지야." 난 너무 놀라고 겁에 질려 "뭐라고! 도대체 너 무슨 짓을 한 거야. 들키면 어쩌려고, 난 싫어. 내가 이걸 왜 가져!" 펄쩍 뛰며 나는 그걸 그의 책상 속에 쑤셔넣었다. "괜찮아! 아무도 본 사람 없다구! 아마 사환이 책을 가져오다 복도에 떨군 줄 아실 테지! 한 장씩 나눠갖자구!" 그는 시험지를 다시 내 가방 속에 욱여넣으며 한쪽 눈을 찡긋거렸다. 때마침 수업종이 울리고 선생님이 들어오셨다. 미처 돌려주지 못한 난 께름칙한 마음에 입안이 바짝 말랐고 가슴이 두근거려 터질 것만 같았다 선생님의 강의 소리는 귀에 들리지 않고 책가방과 P의 얼굴을 번갈아보며 안절부절못하고 있었다.

이때였다. '드르륵' 교실 문이 열리고 잔뜩 화가 난 영어선생님이 몽둥이를 손에 쥔 채 불쑥 들어섰다. 그러고는 수업하던 선생님께 양해를 구하더니 곧바로 "내게 잘못한 사람 있지? 앞으로 나와! 순순히 말할 때 어서 나와!" 선생님의 격앙된 목소리에 교실 안은 쥐죽은 듯 잠잠했다. 그 순간 나는 P가 어서 나가주길 바라며 초조히 기다렸다. 몸 전체가 부들부들 떨렸다. "안 나와? 그럼 좋다! 모두 머리에 손을 얹고 일어나 자기 책상 옆에 서!" 영문을 모르는 학생들이 웅성대며 의자에서 일어날 때, P는 재빨리 자기가 가지고 있던 시험지 한 장을 교실바닥 마루 틈새로 감쪽같이 밀어넣는 거였다. 난 그만 아연실색하고 말았다.

이젠 어쩔 도리가 없었다. 다시 교실 안이 조용해지자 나는 가방 속 시험지를 꺼내들고 앞으로 나갔다. "뭐야! 네 놈이야?" 선생님은 다짜고짜 따귀를 올려붙이더니 교무실로 끌고 갔다. 교실을 나가며 난 P를 쳐다보았다. 그는 시선을 피하며 고개를 떨궜다.

일은 쉽게 끝나지 않았다. 선생님께선 없어진 한 장의 행방을 끝까지 추궁했고, 나는 끝내 말하지 않았다. 왜 내가 꼭 그래야만 했는지 지금 생각해도 알 수가 없다. 다만 어린 마음에도 그의 행동은 충격적이었고 그 야비함이 이해되지 않았다. 아마 치사한 그와 공범이 되는 것조차 자존심이 상했는지도 모른다. 난 우연히 교실바닥에서 주었을 뿐, 다른 시험지에 대해서는 모른다고 같은 말만 되풀이하며 무릎을 꿇은 채 용서를 빌었다.

그날 당한 수모와 고통은 이루 다 말할 수가 없다. 저녁 9시가 넘도록 텅 빈 교무실에서 고문에 가까운 매질과 폭언을 감수해야만 했다. "네 놈이 끝까지 이럴 줄 몰랐다. 내 실수도 있고 해서 용서하는 거니 깊이 반성하고 다시는 이런 일이 없도록 주의해!" 선생님도 지친 듯 잔뜩 쉰목소리로 내뱉듯 타이르며 보내주셨다. 눈물이 핑 돌았지만 어금니를 꽉 깨물며 교무실을 나왔다.

깜깜한 교정校庭, 비칠대며 걷는 내게 다가오는 사람이 있었다. P였다. "정말 미안해! 괜히 나 땜에…." 그는 울먹이며 말끝을 흐렸다. 치미는 분노와 원망이 오히려 내 입을 틀어막았다. 난 아무 말도 하지 않았다. 그만 가라고 손짓하며 묵묵히 돌아섰다.

48년! 참 많은 시간이 흘렀다. 중학교를 졸업한 후, P에 대한 소식은 단 한번도 들은 적이 없다. 굳이 알고 싶지 않았다. 하지만 이젠 희미한 기억 속 그의 얼굴처럼 원망도 많이 녹아내렸다. 혹시 지금쯤 만나면 다 잊은 듯 그의 손을 잡아줄 수 있을까? 아무리 생각해도 유현幽玄한 백은선사의 무심의 경지는 놀랍고 경이롭다.

중국 명나라 때 묘협 스님이 부처의 가르침을 알기 쉽게 정리한『보왕삼매론寶王三昧論』을 보면 '억울함을 당하는 것으로 수행의 문을 삼으라'고 한 구절이 있다. 또한 '억울함을 밝히려 하지 마라. 억울함을 밝히면 원망하는 마음을 돕게 된다'고도 했다. 고개가 끄덕여진다. 먹은 나이만큼이라도 너그럽고 현명해지고 싶다.

한 생각 돌이키면

말 한마디 못했다. 이유를 설명하면 이해할 테지만 묵언默言의 규칙을 지켜야 했다. 하나하나 빈틈없이 따지는 스님의 말씀에 합장을 한 후, 속절없이 물러났다. 생각할수록 답답하고 속이 상했다.

"기상 시간이 새벽 3시 30분이란 걸 잘 알고 계시죠? 근데 지금 31분이에요. 어떻게 1분 안에 이불을 개키고 옷을 다 입고 나올 수 있는 거지요? 필시 미리 일어나 옷을 입고 이부자리를 정리한 게 분명할 테니 곤히 자는 다른 도반들께 얼마나 큰 피해를 주었겠습니까? 이따 취침 시간 이후 법당에서 참회 108배를 하십시오. 제가 확인하겠습니다." 깡마른 목소리엔 냉기마저 훅 끼쳤다.

지난해 7월, 나는 오대산 월정사 〈단기출가학교〉에서 한 달간 수행을 했다. 퇴직 후, 자신을 돌아보며 풀어진 마음을 추슬러 남은 인생을 좀 더 의미 있게 보내고자 계획한 일이었다. 하지만 녹록치 않았다. 빡빡한 일정은 끊임없이 강한 체력을 요구했고, 엄격한 규율은 참가자 모두를 옴짝달싹 못하게 만들었다. 그 중에서도 특히 힘들었던 것은 묵언이다. 입교하는 순간부터 졸업을 할 때까지 어떤 말도 해서는 안 되었다. 말뿐만이 아니다. 식사 중 그릇을 부딪쳐서도 안 되고 신발을 끌어서도 안 되며 심지어 트림이나 방귀마저도 소리가 나면 어김없이 그날 밤 작성作聲 참회 300배를 해야 했다.

지적한 스님의 말씀은 옳았다. 난 남들보다 15분 정도 미리 일어나 이불을 개키고 옷을 입었다. 깜깜한 어둠 속에서 더듬더듬 바지의 대님을 매고, 저고리 고름을 묶었다. 그리고 기상을 알리는 자명종이 울리자마자 재빨리 침구를 벽장에 넣고 부지런히 화장실로 달려갔다. 그날도 서둘러 방문을 나서는데 그만 스님과 딱 마주쳤고, 규칙을 어겼으니 참회하라는 지시를 받은 것이다.

하지만 내겐 고단해도 남들보다 일찍 일어나야 할 피치 못할 사정이 있었다. 이곳에 오기 두 달 전 치질 수술을 받았는데, 의사는 두 달이면 완치되어 어떤 훈련도 감당할 수 있을 거라고 자신 있게 말했었다. 그러나 시작부터 강도 높은 일정 때문인지 아물었던 상처가 덧나며 말썽을 부리기 시작했고 급기야 화농이 되는지 진물까지 흘렀다. 난감한 일이었다. 강의를 듣거나 좌선을 할 때 혹시 진물이 방석에 배지 않을까 신경이 쓰여 집중을 할 수 없었고 간간이 뻗치는 통증으로 괴로움이 극심했다. 하지만 무엇보다도 곤혹스러운 것은 매일 아침 배변 후 뒤처리였다. 약간의 출혈까지 있었으니 짧은 시간이었지만 좌욕을 하고 간단히 응급처치까지 해야만 했다. 이러다보니 내가 일찍 일어나야 했던 것은 바쁜 아침 시간에 남들에게 피해를 주지 않으려는 나름의 배려였던 것이다.

사정이 이럴진대 다짜고짜 나무라는 스님의 말씀이 얼마나 가혹하게 들렸겠는가. 불쑥 솟구치는 분심憤心에 모든 걸 포기할까도 생각했지만 원願을 세워 시작한 일을 중도에 그만두는 것도 쉬운 일은 아니었다. '묵언을 하고 있으니 남들이 내 사정을 어찌 알 수 있겠는가?' 스스로를 다독이며 앙버티려 이를 꽉 깨물었다.

취침시간이다. 대방大房에 불이 꺼지고 도반들은 다 잠자리에 들었다. 그날 지적받은 참회자 열댓 명이 법당에 모였다. 모두 억울한 듯 표정이 굳어 있었다.

죽비소리에 맞춰 일제히 절을 시작했다. 엎드릴 때마다 뜨끔뜨끔 통증이 찔러댔다. 고통이 커질수록 점점 더 서운한 생각이 마음을 어지럽혔다. 어떻게 하든 닥친 상황을 요령껏 수습하여 수행을 마쳐보려 안간힘을 썼건만 이렇듯 벌까지 받게 되다니 속상한 마음에 얼굴이 벌겋게 달아올랐다.

이때였다. 불현듯 한 생각이 머릿속을 스쳤다. '남들이 내 속을 몰라주듯 나도 남을 이해 못하고 까탈을 부린 적은 없었는지? 그리고 남의 사정은 아랑곳하지 않고 무심코 뱉은 말 한마디가 그들에게 상처를 낸 일은 없었는지?' 되짚어 생각해보니 고개가 숙여지고 얼굴이 화끈거렸다. 세상에 가벼운 말은 없다. 오죽하면 혀 밑에 도끼가 있다고 하지 않던가.

죽비소리는 어김없이 딱딱 울렸다. 온몸이 땀으로 범벅이 된 채 기계처럼 절을 하고 있을 때, 나의 생각은 한 걸음 더 앞을 향해 나갔다. '그래! 나는 지금 벌을 받고 있는 게 아니라 여태껏 살아오면서 나도 모르게 지은 죄로 힘들었을 사람들에게 참회를 하는 것이다. 기억도 다 못할 숱한 사람들에게 깊이 머리 숙여 사과하는 것이다.' 생각이 여기에 미치자 들끓던 마음은 슬그머니 가라앉고 뻐근했던 다리에도 힘이 생겼다. 심지어 쿡쿡 쑤시던 통증마저도 잦아드는지 한결 편안해졌다.

맞다! 생각 한번 돌이키니 확 다른 세계가 펼쳐졌다. '마음만 잘 쓰면 모든 것이 네 편인 게야.' 언젠가 읽었던 글귀 하나가 떠올랐다. 늘 바꾸어야 할 것은 외부의 '경계'가 아니라 바로 '내 마음'인 것이다. 마음씀에 따라 극락과 지옥이 갈리고, 행복과 불행이 나뉜다. 마음은 연습하기 달려 있다. 화를 낼지 안 낼지 결정하는 것도 결국 나 자신이다. "내가 상처받지 않기로 마음먹었다면 누구도 나에게 상처를 입힐 수 없습니다." 인도의 성자 마하트마 간디의 외침이 준엄한 경책警策이 되어 어리석은 나를 따끔하게 내리쳤다.

침묵의 매

퇴근길에 우편함에서 꺼내온 미술전람회 초대장. 수신인은 나고 발신인은 B였다. 이십 년이 넘었건만 지금까지도 또렷이 기억나는 이름을 한번 더 확인하며 봉투를 뜯던 나의 손은 가볍게 떨렸다.

〈안녕하세요? 선생님 은혜를 잊지 못하고 사는 B입니다. 아직도 고개를 들지 못할 만큼 부끄러워 수없이 망설였지만, 선생님께선 분명 저를 기억하고 계실 거라는 생각에 염치없이 펜을 들었습니다. 굳이 뵙고 싶어서가 아닙니다. 그나마 이렇게라도 사람노릇하고 있음을 알려드려야 선생님께 진 빚을 조금이나마 갚는 거라 생각해 용기를 냈습니다. 늘 건강하고 평안하시길 기원합니다. 안녕히 계십시오.〉 초대장과 함께 보낸 화집畵集의 속표지에 짤막하게 적힌 글이었다.

지금으로부터 정확히 21년 전 일이다. 그는 고등학교 2학년, 내가 담임을 맡았던 반 학생이었다. 또래보다 덩치가 컸던 그는 수굿하니 맡은 책임을 다하는 순한 학생이었다. 하지만 사춘기 아이들의 성性에 대한 관심은 봄날 터지는 꽃망울처럼 걷잡을 수 없다지 않던가? 바로 그 관심이 빚은 사건 때문에 그와 내가 치른 곤욕은 지금 생각해도 아뜩하다.

"아! 네. 제가 담임 맞습니다. 아니, 경찰서라니요? 절대 그럴 학생이 아닌데요. 네. 네. 제가 지금 바로 가겠습니다." 학급을 맡은 지 두 달 남짓, 경찰서로부터 걸려온 전화를 난 허둥대며 받았다. 일요일 오전 9시경이었다. 대체 무슨 영문인지 몰라 어리둥절하고 있을 때 다시 B의 어머니가 전화를 했다. "선생님! 너무 죄송합니다. 우리가 어떻게든 해결해보려 했지만 피해자가 너무 강경해 손을 쓸 수가 없네요. 혹시 선생님께서 오시면 도움이 될까 싶어 이렇게 연락을 드렸습니다. 우리 애 좀 살려주세요! 정말 면목 없습니다." 울먹이는 목소리는 심하게 떨렸다.

경찰서에 도착한 난 상황이 생각보다 심각함을 알았다. 놀랍게도 두 손에 수갑을 찬 B는 긴 의자 한쪽 구석에 웅크리고 있었고, 그의 부모는 앉아 있는 피해여성에게 머릴 조아리며 용서를 빌고 있었다. 그녀는 20대 중반쯤으로 얼핏 봐도 여염집 여자로 보이진 않았는데 고개를 외로 돌린 채 시선조차 맞추려 하지 않았다.

어처구니없는 사건은 오늘 새벽에 일어났다. 연립주택 3층에 살던 B는 두어 달 전부터 맞은 편 1층 여자의 집을 몰래 훔쳐봐왔다는 것이다. 그러다 오늘 새벽엔 엿보는 것만으로 그치지 않고 급기야 베란다 창문을 통해 잠입했고, 놀라 소리치는 그녀의 입을 틀어막자 엎치락뒤치락 몸싸움이 됐던 것이다. 때마침 순찰 중이던 경비가 뛰어들어와 사태는 바로 수습됐지만 주민의 신고로 경찰이 출동했던 거였다. 천만다행으로 여자가 다친 곳은 별반 없었다. 그러나 아무리 철없는 나이에 저지른 일이고 우발적이라곤 하지만 무단주거침입에 폭행죄는 면할 길이 없었다. 오히려 사건 경위를 자세히 듣고 나니 해결할 길이 더더욱 막막했다.

B의 부모와 난 어쩔 바를 모르고 있었다. "학생이라는 점을 감안해 최대한 선처하려 해도 반드시 필요한 게 피해자와의 합의입니다. 저 분께서 어떤 방법으로든 합의해주지 않으면 문제는 아주 어렵게 됩니다." 담당형사는 우리를 불러 피해자가 고소를 취하하도록 끈질기게 설득하는 방법 외에 별 뾰족한 수가 없다고 말했다.

하지만 그녀의 태도는 완강했다. 의자에 꼿꼿이 앉아 '법대로 처리해 달라'는 말 이외엔 어떤 말도 하지 않았다. 더욱이 시종일관 입을 다물고 있어 우리의 말엔 도무지 반응을 보이지 않았다. 시간은 마냥 흘렀고 이러다 검찰에 송치되면 벌을 면키 어렵다니 화급한 상황이 아닐 수 없었다.

그녀의 이런 행동을 이해하지 못하는 것은 아니다. 더구나 그녀의 처지를 고려한다면 이 정도의 분노는 오히려 당연한 일인지도 모른다. 하지만 부모와 담임으로선 어린애가 순간적으로 저지른 일인데 차마 그 죄값을 고스란히 치르게 할 수는 없었다. 절박했지만 별다른 방법이 떠오르지 않았다. 난 B의 아버지와 함께 그녀 앞에 가 무릎을 꿇었다. 그리고 진심을 다해 마지막으로 사정을 했다. "앞길이 창창한 어린 학생 아닙니까? 사실 이번 일은 잘못 가르친 우리들 죄가 큽니다. 일어나서는 안 될 일이라 말하기조차 민망합니다만 제발 한번만 용서해주면 고맙겠습니다. 그저 철딱서니 없는 막내 동생 하나 살려준다는 셈치고 노여움을 푸시길 간곡히 부탁드립니다." 난 진정을 담아 통사정을 했고 B의 아버지는 두 손이 닳도록 수없이 빌며 고개를 떨궜다.

이때였다. 사무실 한구석에 짐짝처럼 앉아 있던 B가 미끄러지듯 바닥에 엎어지더니 소리 내어 울며 말했다. "엄마, 아빠! 미안해. 제가 왜 그랬는지 모르겠어요. 선생님! 죄송해요." 그리곤 무릎걸음으로 비칠대며 다가와 그녀에게 "제가 잘못했어요. 다신 안 그럴게요. 용서해주세요. 정말 이번만 용서해주면 절대 안 그럴게요." 잔뜩 겁에 질린 듯 큰 몸을 부들부들 떨며 계속 울어댔다.

잠시 후, 그녀는 힘겹게 입을 열었다. 그리고 B를 용서한다며 선선히 고소를 취하해주었다. 우린 각서를 비롯한 몇 가지 서류에 일일이 서명하고 경찰서에서 아일 데리고 나올 수 있었다. "집에 가면 어떤 말도 하지 마세요, 오늘 우린 아무 일도 없었던 겁니다. 이런 일은 시간이 해결해줄 때까지 기다려야 해요." 난 죄송하다는 말만 되풀이하는 B의 부모에게 거듭 부탁했고 고개를 들지 못하고 서 있는 B의 등을 가볍게 도닥였다. 그리고 그날 이후 단 한번도 B에게 그 일에 대해 언급한 적이 없었다. 용서의 표현을 오로지 침묵으로 일관한 나의 행동이 과연 옳았는지는 잘 모른다. 하지만 B가 남은 학교생활을 반듯하게 마쳤고 자신이 희망하던 미술대학에 입학했다는 소식을 듣고 당시 난 진심으로 기뻐했다. 그리고 이제 그 기억의 뼈대만 앙상히 남아 있을 때, 뜻밖의 초대장을 받고 보니 그 감회가 남달랐다.

며칠 후, 나는 전람회장을 찾았다. 나를 보는 순간 멈칫하던 B는 잰 걸음으로 다가와 깊이 머리를 숙였다. "선생님! 와주셨군요. 꼭 오십사 한 건 아닌데 너무 감사합니다." 그와 악수를 한 나는 그림을 둘러보고는 "색채가 밝아서 참 좋아 보이네"라고 치하했다. 그러자 그는 선생님의 '침묵의 매'가 오늘날 자기를 있게 했다며 조심스레 말문을 열었고 난 서슴지 않고 그의 말을 받았다. "아마 그 당시 침묵보다 더 좋은 말이 생각나지 않아서 그랬을 거야." 내가 빙긋 웃으며 그의 얼굴을 바라보자 그의 눈엔 촉촉이 물기가 배어 있었다.

'침묵은 금'이란 말이 여전히 진리라는 것을 나는 다시금 확신할 수 있었다.

너무 더딘 깨달음

어느덧 교편을 잡은 지 삼십 년이 넘는다. 잘했든 못했든 이제 소임을 끝내고 교단을 내려서야 할 때가 오고 있다. 요즘 들어 지난 일들이 주마등같이 머릿속을 스쳐 지나간다. 첫 출근의 기대와 흥분, 처음 만난 학생들, 첫 담임, 입학식과 졸업식 그리고 소풍과 수학여행, 촘촘히 짜나간 갖가지 추억들이 알록달록 가을산처럼 첩첩이 쌓여 있다. 배우고 가르치는 일을 생각할 때마다 진정으로 제자를 아끼고 사랑했던 절집 스승 세 분이 떠오른다.

우선 경허 스님과 그의 제자 만공. 꺼져가던 선禪의 등불을 밝힌 한국의 달마, 경허 스님이 계룡산 동학사에 계실 때였다. 도인이 아니면 무욕無慾의 사람에게나 보인다는 백 년 묵은 산삼을 발견한 스님께선 그것을 돈으로 바꿔 어려운 절 살림에 보태볼 요량으로 동네 이장을 만나러 갔다. 그 사이 앞뒤 일을 몰랐던 만공이 이끼로 싸놓은 산삼을 보자 그만 그걸 먹어버리고 말았다. 그리고 약효에 취해 코를 골며 잠이 들었는데, 절로 돌아온 스님께서 이 사실을 알게 되었다. 스님은 대뜸 만공이 밖으로 나오지 못하게 방문에 못을 치고 아궁이에 불을 때도록 했다. 그러자 주변 사람들은 화가 나신 경허 스님이 만공을 혼내려는 줄 알고 대신 용서를 빌자, 경허는 "본디 산삼을 먹고 제대로 삭이려면 저렇듯 몸을 덥혀 약효를 받아야 한다"고 말씀하셨다. 어떻게 보면 스승이 제자의 도량을 이미 알아차려 그의 몸에 대작불사大作佛事를 먼저 했던 것은 아닌지. 그래서 우리 선불교의 큰 주춧돌을 앞서 마련하신 것은 아닐까. 장대한 체격과 남다른 건강으로 종횡무진 한국 근대불교의 종장으로서 그 역할을 다 한 만공을 생각하면 틀린 말도 아닌 듯싶다.

두 번째는 훤칠한 풍채와 준수한 용모로 언제나 당당했던 불국선원의 조실 월산 스님. 어느 날 아끼던 제자 중에 돈을 훔쳐 산을 내려갔던 시자가 있었다. 몇 년 동안 소식을 끊었던 그가 늦은 시각 갑자기 돌아와 스님이 계시는 염화실 문을 두드렸다. 문을 열고 내려다보니 댓돌 아래 무릎을 꿇은 탕아의 모습이 보였다. 몸은 말도 못하게 야위었고 심지어 심한 악취까지 풍기던 제자! 불호령을 내릴 줄 알았던 스님은 '아픈 데는 없느냐?'며 잠자코 당신 옷을 내주면서 들어가 목욕을 하라고 이르셨다. 그 시자는 '평생 살면서 감동에 잠 못 들었던 밤은 처음이라'며 그 후 월산 스님이 열반에 드실 때까지 정성으로 시봉하면서 항상 스승의 곁을 떠나지 않았다.

"범부凡夫가 곧 부처이며 번뇌가 곧 보리이니 앞생각이 미迷하면 범부였으나 뒷생각에 깨치면 곧 부처이며, 앞생각이 경계에 집착할 때는 곧 번뇌였으나 뒷생각이 경계를 여의면 곧 보리이다"라고 하신 월산 스님의 어록이 생각나는 일화이다.

끝으로 『무소유』로 우리에게 잘 알려진 법정 스님. 스님께서 프랑스 파리에 세운 길상사에서 어떤 스님이 주지 소임을 맡고 있을 때라고 한다. 그 당시 파리에서 일을 하려면 무엇보다도 자동차가 필요했다. 그래 그는 법정 스님이 오셨을 때, 차를 사달라고 말씀드렸다. 그러나 생소한 외국이라 위험할 뿐 아니라 절을 만든 지 오래지 않아 일이 산더미 같은데 차가 있으면 나다니기만 할 것이 아니겠냐며 허락하지 않으셨다. 귀국을 위해 공항으로 가실 때까지도 계속 졸라댔건만 스님은 무심히 떠나셨다고 한다.

그 후 몇 년이 지나고 이 스님이 한국으로 돌아와 생활하고 있을 때였다. 파리에 가져갔던 바랑 밑바닥에 무엇인가가 있는 것을 발견했다. 꺼내보니 법정 스님의 메모와 함께 그 당시 차를 사고도 남을 만큼의 돈이 들어 있었다. 물론 그 메모에는 염려와 당부의 글이 쓰여 있었음은 당연한 일이었다. 여러 가지 걱정이 되어 안 된다고 말씀은 하셨어도 안쓰럽게 조르는 제자를 맘 속 깊이 사랑하신 스승의 간곡함이 들어 있는 이야기다. 그래서 그 스님은 이 돈만큼은 의미 있게 사용해야 스승의 뜻을 받드는 거라 생각하고 간절한 원력을 세워 사찰을 창건하고 지금도 열심히 부처의 법음法音을 전하고 있다.

깔밋했던 세 스승! 그들의 가르침엔 사랑과 용서 그리고 이해가 배어 있다. 너절한 말은 아예 접고, 그저 가만히 감싸는 넉넉함을 보여준다. 훈계는 실수했을 때가 아니라 잘못했을 때 하는 거라지 않던가. 늘 제자의 허물을 실수라고 덮으며 어느 때든 두 손을 내미신 그들의 깊은 뜻은 이렇듯 맑은 울림을 만드는 것인지 여운이 짙다.

이젠 접어야 할 내 교직생활, 돌아보건대 나는 왜 항상 동동거리며 팍팍한 다그침으로 제자들의 등을 떠밀었을까. 그리고 스스로 깨달아 제대로 여물 시간을 왜 기다려주지 못했을까. 그건 애정이라 말해도 옳은 답이 아니고 욕심이라 말해도 맞는 답이 아니다. 그저 마냥 어리석었던 나의 한계였을 뿐이다.

그런데 참 안타까운 일이다. 삼십 년이 넘도록 모른 채 덤덤히 걷던 길인데 이제 막바지 문턱을 넘어야 할 즈음 뒤늦게 깨닫는다. 사람은 바라는 대로 되는 것이 아니라 사랑하고 용서하고 이해하는 대로 만들어진다는 것을. 그리고 여유를 가지고 기다려야 한다는 것을.

깨달음, 향기가 되다

발우공양은 절집의 전통 식사법이다.

사찰에선 먹는 것도 수행인지라 그 절차가 엄격하고 까다롭다. 묵언默言은 기본이고 반가부좌에 허리를 편 채, 복잡한 순서를 따르다보면 음식을 먹는 게 아니라 벌을 서는 듯 힘이 든다. 익숙해지면 모를까 처음에는 진땀이 솟고 오금이 절여 고행이나 진배없다.

작년 여름, 인연 있는 절에서 한 달간 출가체험을 한 적이 있다. 엄한 규율로 소문이 난 그곳에선 하루 세 끼 모두 발우공양을 해야 했다. 빡빡한 일정과 힘든 울력으로 끼니때마다 배가 고팠지만 정해진 과정을 꼬박꼬박 따라야 했으니 여간 버거운 노릇이 아니었다.

그러나 허기를 채우는 단순한 행위 속에도 진솔한 가르침이 숨어 있었다. 자신을 똑바로 살펴 탐욕에 꺼둘리지 않겠노라 수없이 다짐했건만 작은 욕심에도 쩔쩔매던 나에겐 따끔한 경책警策이요 커다란 죽비소리가 아닐 수 없었다. 아직도 가슴 뭉클한 감동이 기억 속에 선연히 남아 있다.

지정된 자리에 앉아 발우를 펼치며 시작되는 공양은 물[천수]과 밥 그리고 국을 차례로 받게 된다. 이 세 가지는 배식의 소임을 맡은 사람이 정해져 있어 윗자리부터 차례대로 진지進旨하며 내려온다. 대중들은 앉은 자리에서 자기에게 필요한 양만큼을 그들에게 받으면 되는 것이다. 하지만 반찬상은 달랐다. 네 사람 당 하나씩 마련되는데, 첫 번째와 두 번째 사람 사이에 놓였다가 두 사람이 반찬을 덜게 되면 세 번째와 네 번째 사람 사이로 옮겨져 그들도 반찬을 가져가게 된다. 대개 찬상에는 여섯 종류의 음식이 올랐다. 무침과 부침, 그리고 튀김과 김치가 담기고 단무지와 과일이 나머지를 채웠다. 네 사람이 나누면 적당한 양의 음식이 늘 정갈하게 놓여 있었다.

처음 발우공양을 할 때다. 나는 네 명 중 두 번째 자리였다. 국을 받으며 앞에 놓인 찬상을 훑어보았다. 근데 과일 그릇에 담겨 있는 네 쪽의 사과 중 하나가 유난히 작았다. 세 개는 4분의 1쪽이었는데 나머지 하나는 8분의 1쪽이었다. 난 두 번째 앉게 된 것을 다행이라 생각하며 첫 번째 사람이 그랬듯이 큰 사과를 집어 내 찬그릇에 옮겨 담았다. 당연히 작은 사과는 네 번째 사람의 몫이 되었다.

그런데 이상한 일이었다. 다음 번 공양 때도 과일 중 하나가 눈에 띄게 작았고 그 다음 번에도 마찬가지였다. 불현듯 고개를 들어 다른 찬상들을 살펴보았다. 거기에도 똑같은 상황이 벌어져 있었다. '아! 우연이 아니었구나!' 지금껏 공양간 사람의 실수였거니 생각했는데 틀린 생각이었다. 누군가가 의도적으로 작은 걸 하나씩 끼워놓은 게 분명했다. 그때서야 세 번 다 개의치 않고, 욕심을 부렸던 나의 아둔함이 부끄러웠다. 아울러 번번이 작은 걸 먹어야 했던 네 번째 사람에겐 미안하기 짝이 없었다.

다음 공양을 할 때였다. 왜 미처 그걸 깨닫지 못했을까 후회하며 이번에는 내가 필히 작은 것을 집어야겠다고 맘을 먹었다. 역시 과일 그릇 속에는 작은 것 하나가 끼어 있었다. 국까지 받은 후, 첫 번째 사람을 쫓아 반찬을 담고 있는데, 아뿔싸! 그만 첫 번째 사람이 작은 사과를 찾더니 자기 그릇에 옮겨 담는 것이 아닌가. 그도 이제야 깨닫고 일부러 그걸 찾았던 것일 게다. 난 한발 늦은 아쉬움에 그를 쳐다보았다. 눈이 마주친 그는 빙그레 웃으며 고개를 끄덕였다. 그리고 잠시 후 이번에야 비로소 큰 과일을 먹게 된 네 번째 사람의 목례를 받으며 그는 눈을 찡끗거렸다. 당연히 다음 번에는 내가 작은 걸 먹었고 또 그 다음에는 세 번째 사람이 그걸 가져갔다. 다른 조 사람들도 우리 조와 마찬가지로 작은 과일을 공평하게 나눠 먹으며 서로를 흐뭇하게 바라보았다. 깨닫는 데는 이렇듯 시간이 걸리나 보다. 그 시간 이후 공양시간엔 은은한 향기가 방안을 가득 메웠다. 사람들 자리마다 송이송이 연꽃이 피어올라 그랬던 것일까? 맑은 꽃향기가 사람들 몸에서 풍겨 나왔다.

발우공양은 대중이 함께하지만 실은 혼자 먹는 밥이다. 간소한 음식을 자신의 발우에 담아 묵언 속에 행하는 고요한 식사법, 오롯이 자신의 내면을 들여다보는 수행이었다. 공양물에 대한 감사와 함께 자신의 덕행을 반성하는 시간이었고, 천천히 씹고 삼키면서 현재의 자기를 알아차리기 위한 경건한 의식이었다. 하지만 그 속에는 주변에 대한 감사와 배려 그리고 평등심이 켜켜이 담겨 있었다.

작은 과일 한쪽으로 남에 대한 배려를 일깨워준 발우공양. 하루 세 번 수행자 모두를 무한 행복으로 이끌었던 법열法悅의 자리였다. 깨달음은 경전의 위대한 구절이나 스님의 법문 속에만 있는 것이 아니었다.

모든 벽은 문이다

제자 P와의 인연은 각별했다. 고등학교 1학년 때는 담임이면서 국어를 가르쳤고, 2학년 땐 담임은 아니지만 문학을 맡아 주당 네 시간이나 함께했다. 3학년엔 다시 학급담임이 되어 교과뿐만 아니라 진학 전반에 관한 상담 및 조언을 해주었다. 오랜 교직생활 중에서도 이렇듯 삼 년 내리 인연이 되는 경우는 매우 드물다.

P는 성실한 학생이었다. 30년이 지난 지금까지도 그를 생각할 때면 가장 먼저 떠오르는 단어가 '성실'이다. 지각이나 결석은 물론, 친구와 어울려 떠드는 일도 없고, 수업 중 졸거나 한눈파는 모습도 기억나지 않는다. 등교를 하면 하교할 때까지 늘 바른 자세로 자리를 지키는 반듯한 학생이었다. 게다가 정리정돈은 지나칠 정도였다. 단정한 차림새는 물론이고 책상 속과 사물함, 그리고 가방과 필통 속을 보면 혀를 내두를 지경이었다.

그런데 도무지 납득할 수 없는 일이 있었다. 바로 성적이었다. 더할 나위 없이 착실함에도 노상 하위권을 면치 못했다. 아니 거의 바닥에 가까웠으니 딱한 일이었다. “차라리 다른 애들처럼 밖으로 나돌며 제 맘껏 놀기라도 했으면 좋겠어요. 집에서도 빈틈없는 건 말도 못해요. 학교에서 돌아오면 바로 씻고 책상에 앉는 거예요. 그리고 돌부처처럼 자리를 지키고 있는데 오히려 보는 제가 숨이 막혀요. 그러니 본인은 얼마나 힘들겠어요. 대체 이 일을 어쩌면 좋죠?” P의 어머니는 눈물을 글썽거렸다.

모르거나 잘못했을 때 바로잡아주는 것이 교육일진대, 공부는 스스로 해야 한다며 열심히 노력하는 학생에게 무슨 말이 필요하단 말인가? 그러나 성적이 나올 적마다 막막했던 난 그를 몰아세우기 일쑤였다. 개념 정리부터 다시 하라고 목청을 높였고, 오답노트를 만들어 틀린 문제를 검토하라고 으름장을 놨다. 그래도 소용이 없자, 통째로 외우라고 소리쳤고, 나중엔 다 필요 없으니 닥치는 대로 문제를 풀라고 눈을 부라렸다. 그래도 성적은 요지부동이었다. 맥이 풀렸다. 더 이상 어쩔 도리가 없었다. 미안함과 답답함이 범벅이 된 채 고개를 들지 못하는 그의 모습은 언제나 내 가슴을 아리게 했고 딱한 마음에 다시금 그의 등을 두드리게 만들었다.

성적은 끝내 좋아지지 않았다. 대학 진학을 포기한 그가 미국에 간다고 나를 찾아온 것은 졸업식을 마친 지 보름 만이었다. 여전히 단정한 모습과 조심스런 말투로 인사를 건네는 그에게 ‘넌 성실하니까’라는 공허한 말을 되풀이하며 나는 배웅했다.

●

그리고 30년이 지났다. 간혹 어떻게 지내는지 궁금했지만 속절없이 흘러간 시간이었다. 그런데 며칠 전 우연히 SNS를 통해 그를 만날 수 있었다. P가 내게 친구 요청을 해온 것이다. 놀랍고 반가워 흥분을 감추지 못한 채 우린 한동안 문자로 대화를 나눴다.

그는 국제변호사가 되어 가족과 함께 캐나다에 살고 있었다. 빽빽한 침엽수를 배경으로 아담하게 지어진 그의 집은 그림 같았고 두 딸을 데리고 아내와 찍은 사진 속에는 행복이 한가득 담겨 있었다. 그리고 편하게 웃는 그의 얼굴엔 성공한 중년의 중후함이 우러나왔다. 나는 성실함이 이뤄낸 그의 승리를 대화와 사진을 통해 거듭 확인하며 내 일처럼 기뻐했다. 그때였다. 문득 '모소Moso Bamboo'라는 중국 대나무의 특이한 생장 과정이 머릿속에 떠올랐다.

'모소'는 중국 극동지방에서 자라는 희귀한 대나무다. 그곳 사람들은 모소의 씨앗을 심어놓고 꾸준히 물과 거름을 주며 정성을 다해 관리한다. 하지만 이 대나무는 싹이 트고 5년이 지날 때까지 고작 3센티 정도만 자란다고 한다. 그러다가 5년이 경과되고 어느 시점이 되면 6주 동안 자그마치 20미터나 자라 대번에 울창한 숲을 이루는데 어떤 것은 하루에 90센티미터까지 크는 경우도 있다고 한다. 물론 그 사이 관리를 소홀히 하면 바로 죽고 만다는데, 무엇보다도 놀라운 사실은 겉으로는 성장을 멈춘 듯 꿈쩍하지 않던 기간에 땅 속 깊이 튼실한 뿌리를 수십 미터나 내렸다가 때가 오면 상상할 수 없을 만큼의 성장을 단박에 이룬다는 것이다.

사람은 슬럼프 때 오히려 더 크게 성장할 수 있다. 또 달릴 때보다 제자리걸음을 하고 있을 때 속으로 더 많이 자라기도 한다. 우리의 목표 달성도 이런 것은 아닐까? 일정 기간 묵묵히 공을 들이고 끊임없이 정성을 쏟아야 이루어지니 말이다.

"선생님! 모든 벽은 문이었어요. 하지만 어떻게 뚫어야 문이 되는 줄 몰라 너무 오래 갇혀 있었어요." 얼마 후, 처음 한 전화 통화에서 그가 내게 한 말이었다.

난 P의 성공에 대해 복잡하게 생각하고 싶지 않다. 더욱이 우리나라와 미국의 교육제도를 비교한다거나 장단점을 따져 문제점을 가리고 싶지도 않다. 그리고 한국에서는 불가능하다고 판단해 미국행을 선택한 부모의 빠른 결단을 치하할 생각도 없다.

그저 스스로 무너지지 않고 남달리 노력했던 그의 성실성에 끝없는 갈채를 보내며, 도저히 뚫릴 것 같지 않은 견고한 벽 앞에서 수없이 두드린 망치질로 끝내 문을 만들고 나온 P의 행동에 대나무 '모소'의 독특한 생태를 겹쳐보고 싶을 뿐이다.

설마 '모소'의 성장 기간을 5년이 아닌 6주로 생각하는 사람이 있겠냐마는 '모소'가 기다렸던 위대한 5년을 생각하며 제자 P의 성공을 진심으로 축하해주고 싶다.

괴각乖角도 한 소임所任이니라

괴각乖角이란 말이 있다. 옥편을 찾아보면 '어그러질 괴'와 '뿔 각' 자가 합쳐진 단어로 제멋대로 난 소의 두 뿔을 일컫는 말인데, '성질이 비꼬임'이라는 뜻도 갖고 있어 괴팍한 사람을 지칭할 때 쓰는 경우가 많다.

사실 이 단어는 여염집보다는 절집에서 먼저 사용했고 더 자주 쓰인다. 조선 선조 때 청매선사가 지은 십무익송十無益頌의 마지막 구절을 보면 '일생괴각 처중무익一生乖角 處衆無益'이라 하여 '일생 동안 자기의 고집을 버리지 못하면 대중과 함께 하더라도 이익이 없다'고 했으니, 여기서의 '괴각'도 비비꼬이고 감때사나워 화합하지 못하는 괴짜를 이름이다.

주변을 둘러보면 됨됨이가 별스러워 상대하기 어렵고, 함부로 해대는 말과 행동으로 사람들을 곤혹스럽게 하는 이들이 종종 있다. 말 한마디를 하더라도 노상 남을 억누르거나 가르치려는 사람이 있고, 아무때나 무턱대고 화부터 내는 사람도 흔하다. 또 사소한 일에도 자기 주

장만을 내세우며 처음부터 끝까지 막무가내인 사람도 쉽게 보게 된다. 아무리 제 의견을 관철하기 위해 저돌적인 말이 용납되는 게 요즘 세태라 해도 부담스럽기 짝이 없는 사람들이다.

하지만 일일이 지적해 바로잡기도 쉽지 않을 뿐더러 때론 민망한 일이어서 '저 사람은 그런 사람이거니' 하고 넘기는 수가 허다하다. 그런데 여러 사람이 모여 서로 돕고 살아야 하는 공동체 속에서는 그 폐해가 훨씬 더 크고 또 잘 드러나 심각할 때가 많다.

우린 태어나면서부터 가족이라는 울타리를 시작으로 여러 공동체의 일원으로 살아가게 마련이다. 사찰에서도 오래 전부터 안거安居라는 공동체가 있어왔다. 여름과 겨울, 각기 석 달간 조실 스님을 모시고 여러 스님들이 한 곳에 머물며 수행하는 제도이다.

선지식善知識을 찾아 도처에서 모여든 많은 스님들이 함께 숙식을 하며 집단생활을 하는 일은 옛날이나 지금이나 만만치 않았을 것이다. 그래서 안거를 위해 결제結制를 할 때엔 무엇보다도 먼저 각자의 소임부터 정하여 자기의 책임과 역할을 다하도록 했다. 따라서 안거에 참여한 스님들은 자신의 수행도 중요하지만 맡은 소임에 대해서도 두루 살펴 단체생활에 불편함이 없도록 항상 신경을 써야 한다. 요즘도 선방禪房에 가보면 '용상방龍象榜'이라고 해서 큰 방 벽면 위쪽에 붙어 있는 벽보를 볼 수 있는데, 이것이 바로 각자가 맡은 소임을 적어놓은 것이다. 짐작컨대 이런 법도가 있었기에 지금까지도 승가僧家의 공동생활이 여법하게 운영되고 있는 것은 아닐지.

그러나 같이 사는 일은 세속을 떠난 수행자들에게도 쉬운 일이 아니었던지 '괴각도 한 소임'이라는 말이 전해오는데, 아마도 어느 선방에서 만들어진 것이 아닐까 추측된다.

작게는 서너 사람이지만 많게는 수십 명이 한꺼번에 수행하는 선방이다 보면 그 소임도 다양하고 구조도 치밀해 기계처럼 돌아가지 않으면 안 되었을 게다. 하지만 승속僧俗을 막론하고 성질 망한 괴짜는 필히 있는 법이어서, 정해놓은 규칙을 어기고 멋대로 구는 사람이 왜 없었겠는가. 자신의 책임은 나 몰라라 하면서 거친 행동에 말만 앞세우는 괴각이 있었을 것은 뻔하다. 어디를 가나 마찬가지겠지만 이런 사람이 한둘 끼게 되면 문제는 그리 간단치 않다. 함께 사는 사람들이 힘들어지는 것은 물론이거니와 불만도 차츰 쌓이게 되고 그 언짢음이 계속 부풀게 되면 급기야 조실 스님께 몰려가 비난과 성토로 입을 모았을 게 분명하다. 그때 스님께서 법상法床을 내리치며 벼락같은 소리로 그들에게 던진 말이 '괴각도 한 소임이니라'가 아니었을까?

이 천둥소리야말로 각자가 그저 제 마음자리 한번 돌리면, 오히려 괴각을 통해 자기를 다잡을 수 있다고 이르신 추상秋霜 같은 사자후獅子吼이다. 다시 말해 괴각마저도 나를 깨우치게 하는 방편이 될 수 있음을, 반면교사反面教師의 이치를 담아 가르치신 엄중한 꾸지람인 것이다.

생겨난 연유야 어떻든 그 속뜻을 헤아리면 헤아릴수록 울림이 큰북소리 같아 절로 머리가 숙여지며, 마음속 깊이 새겨지는 말이다.

인간은 누구나 자신의 탐욕을 내려놓지 못하는 매욱스런 존재들이다. 이 욕심을 잔뜩 짊어지고 사는 한 우린 누구에겐가 괴각임이 분명하리라. 그래서 우리는 괴팍한 사람과 맞닥뜨릴 때마다 뒷말을 해대며 내 속을 썩일 게 아니라, 거기서 진정 나를 보고 스스로를 바로잡는 따끔한 죽비로 삼아야 하는 것은 아닐까?

분명 괴각도 한 소임일터 '나는 과연 누구를 불편케 하는 존재이며, 또 그들에게 어떤 소임을 갖고 있는 것인지' 편치 않은 마음으로 오늘도 부지런히 자신을 다그쳐본다.

퇴직 유감有感

퇴직을 한 후, 말수가 줄었다고 아내가 성화다. 실은 줄은 게 아니라 말할거리가 없어진 거다. 아내의 볼멘소리가 성가셔도 딱히 해야 할 말이 없다. 오전 내내 신문을 뒤적이거나 컴퓨터 앞에서 시간을 보낸다. 보고 싶은 책은 산더미지만 돋보기를 쓸 나이면 그것도 쉬운 일이 아니다. 더욱이 평소에 덜 찬 듯싶어 구입해놓은 인문학 관련 서적은 한 시간 정도만 집중을 해도 머리가 지끈거리고 아린 눈에선 눈물까지 질금댄다. 게다가 만만찮은 책 두께는 읽겠다는 의욕마저 채가기 일쑤다. 생각만 있을 뿐 책상에 길게 앉았었던 기억이 가물거린다.

독서만이 아니다. 운동도 제대로 해보겠다고 맘먹었지만 등록한 헬스클럽은 가는 날보다 안 가는 날이 훨씬 더 많다. 혼자 하는 운동은 노동이나 진배없다. 등산도 마찬가지다. 주말은 붐벼 주중에 한번은 꼭 가리라 다짐했건만 이미 마침표를 찍었다. 평일 날 아침, 눈부신 햇빛을 받으며 바쁘게 출근하는 직장인들 속에서 배낭을 메고 어정대는 모습도 남부끄럽고, 새롭게 하루를 시작하는 활기찬 발걸음 사이로 등산화를 신은 뒤퉁스런 모양새도 창피했다. 그래서 이것저것 다 팽개치고 스스로 집안에 똬리를 튼 채 '텔레비전 지킴이'나 '공포의 거실남'으로 주저앉고 말았다.

아내는 아직 귀가歸家 전이다. 동창 모임이 늦어지는 모양이다. 저녁을 양껏 먹었건만 아홉 시 뉴스가 끝나자 다시 출출했다. 집에서 놀면 쉬 배가 고파진다더니 쓸데없이 소화력만 생생하다. 저녁엔 무얼 먹었었지? 불과 서너 시간 전인데도 아뜩하니 생각이 나지 않는다.

잠시 졸았었나 보다. 현관문 여는 소리에 눈이 떠졌다. 나가기 전부터 거실 소파에 비스듬히 누워 있던 나에게 "아직도 거기 그대로 있는 거예요? 허리 안 아파요? 맛있어 보이길래 집 앞에서 사왔는데 잡숴 보세요!" 아내의 손엔 비닐봉투가 들려 있었다. 뜨끈뜨끈한 찐빵이었다. 전엔 없던 일이었다. '중년에 야식이 얼마나 나쁜 줄 알아요? 비만에 일등 공신이 밤참이에요.' 저녁 늦게 뭘 좀 먹자고 하면 비정하리 만큼 딱 자르던 사람이었다. "우두커니 집에 있을 당신이 딱해 사오긴 했지만, 많이 먹진 말아요." 걱정이 됐던지 접시에 하나만 덜어주고는 챙겨넣었다. 하지만 아내의 달라진 행동은 오늘이 처음은 아니다. 며칠 전에는 밤 늦게 찰떡을 구워주더니 어제는 아이스크림까지 사들고 들어왔다. 영식零食 님은커녕 일식一食 씨와 이식二食 놈도 아니고 겁도 없는 삼식三食이 새낀데 밤참에 간식까지 널름널름 받아먹어도 괜찮은 건지, 여하튼 달라진 우리 부부의 일상이다.

●

직장을 그만두고 두어 달째 집에 있다 보니 꽉 막힌 숲속에 갇힌 기분이다. 그 숲은 '안 된다'라는 나무와 '꼼짝 마'라는 넝쿨이 뒤엉켜 옴짝달싹 못하는 밀림이었다. 공무원, 군인, 교사의 퇴직금은 먼저 본 사람이 임자라는데 남에 말에 솔깃해 함부로 나대면 절대 안 되고, 초초한 마음에 '퇴직자의 무덤'이라는 '먹는장사'에 발을 들여놓는 순간 2년도 못 돼 거덜이 나고 만다니 절대 안 된다. 주식과 펀드는 물론 다단계에 빠져서도 안 되고, 남에게 돈을 빌려줘도 안 되며, 보증을 서주어도 안 된다니, 나갈 수 있는 문이 없어 잠자코 들어앉아 도나 닦아야 할 무문관無門關이 따로 없었다. 그저 두 손 두 발 묶은 채 꼼짝 말고 몇 푼 안 되는 퇴직금이나마 온전히 지켜야 한단다. 그리고 다달이 들어오는 연금에 큰절하면서 알뜰히 쪼개 쓰는 것이 상책이란다. 그래야 끝까지 자식들에게 손 벌리지 않고 백세시대를 대비할 수 있는 거라고 귀가 따갑게 들었다.

그래서인가. 간혹 퇴직한 선배들을 만나면 힘이 쭉 빠져 활기가 없고 표정마저도 주눅이 들어 보였다. 두 팔 걷어붙이고 을러대는 사람은 없어도 스스로 야코가 죽고 매사 겁을 먹게 되는 것은 어쩔 수 없는가 보다. 사람에게 그날그날 해야 할 일이 있다는 것과 소속감을 갖는다는 것이 얼마나 소중한지 뼈저리게 느끼면서, 퇴직을 하면 부쩍 늙는다는 말에도 이제는 고개가 끄덕여진다.

용기와 두려움은 원래 한집에 산다는데, 두려움만 덩치가 커져 집을 송두리째 차지했는지 용기는 도무지 찾을 수가 없다. 사람은 나이가 들면 늙은 보병의 훈장처럼 추억만 가슴에 매달고 산다지 않던가. 마치 마을 어귀 느티나무 그늘에 앉아 누구도 귀담아 들어주지 않는 월남 참전 이야기를 한없이 늘어놓던 나이 든 삼촌처럼 말이다. 과거엔 나도 꽤 쓸 만했다고 그리고 한때는 남보다 빛났던 시절이 있었다고 공허하지만 불쑥불쑥 웅얼대고 싶은가 보다.

출구는 또 다른 세계로 통하는 입구고, 지나간 시간은 새로운 시작의 스승이라는데, 난 아직도 변하는 건 두렵고 현실에 머무는 건 못 견디게 힘들다.

시차는 있어도 오차는 없다

불교『현우경賢愚經』에 나오는 이야기다. 한 바라문의 딸이 있었다. 재덕을 겸비한 그녀는 결혼해 아이를 낳고 행복하게 살았다. 그러나 이듬해 시부모가 잇따라 돌아가시고 때마침 둘째 아이를 갖게 되자 남편과 의논해 친정에 가서 해산解產하기로 했다. 하지만 친정으로 가는 도중 산기產氣를 느낀 그녀는 길옆에 자리를 펴고 아기를 낳았다. 이튿날 아침, 옆에서 자고 있던 남편을 깨우려고 보니 독사에 물려 이미 죽어 있었다. 기겁을 한 여자는 아이들을 데리고 허둥지둥 길을 떠났다.

길은 먼데 강물이 앞을 막았다. 우선 큰애를 강가에 두고 갓난애를 업고 물을 건넜다. 그리고 강 건너 그늘에 그 애를 뉘고 돌아오니 엄마를 부르며 성급히 물로 뛰어든 큰아이가 물살에 휩쓸려 떠내려가는 것이 아닌가. 거센 물결은 순식간에 아이를 삼켜버렸고 혼비백산 작은애 쪽을 바라보니 늑대들이 물어뜯고 있었다.

창졸간에 가족을 잃은 여인은 얼이 빠진 채 친정에 도착했다. 그러나 며칠 전 불이 나서 친정 부모와 동생들이 모두 타죽고 없었다. 비통함에 까무러쳤던 그녀가 눈을 떠보니 아버지 친구의 집이었다. 거기서 지내던 중, 다시 혼인을 하게 됐지만 이번 남편은 아내를 몹시 학대했다. 참을 수가 없던 여자는 도망을 나와 바라나시 성 밖 공동묘지 근처에 머물렀다. 그때 그 마을 부호의 아들이 아내를 잃고 날마다 무덤을 찾아와 애통해했다. 가끔 마주쳤던 두 사람은 남자의 구혼으로 새롭게 가정을 꾸렸으나 얼마 지나지 않아 남편이 병으로 죽고 말았다. 그런데 그 지역에는 남편이 죽으면 아내를 함께 묻는 풍습이 있었다. 차라리 죽는 게 낫다고 생각한 그녀는 기꺼이 무덤 속에 들어가 죽기를 소망했지만 부장품을 노린 도둑이 파헤치는 바람에 이번엔 도둑놈의 아내가 되고 말았다. 그러나 곧 그 도둑마저 붙잡혀 사형을 당했다.

기가 막힌 그녀는 '도대체 나는 전생에 무슨 죄를 지었기에 이같이 살아야 하는가!'라고 피를 토하듯 탄식하며 부처님을 찾아갔다. 그리고 겪은 일들을 낱낱이 고하며 수행자가 되기를 간청하자 부처님은 허락했다. 그녀는 부지런히 정진하여 마침내 자신의 과거와 미래를 훤히 볼 수 있는 아라한이 되었다. 그녀가 바로 '미묘 비구니'다.

나는 신물이 날 정도로 기구한 이 여인의 사연을 읽으며 불현듯 작년에 폐암으로 세상을 떠난 친구 L을 떠올렸다.

그는 준수한 외모에, 남달리 유복한 어린 시절을 보냈다. 서울에 큰 건물 서너 채를 소유한 아버지 덕분에 외동아들이던 그는 왕자처럼 자랐다. 1970년대 초 난 그의 방에서 화려한 문양의 대리석 침대와 눈부신 샹들리에를 처음 보았고, 독일제 피아노와 전축은 보는 것만으로도 신기했다. 그의 집은 언제나 사람들로 북적였다. 그곳에 살면서 살림을 도맡았던 이모의 식솔만도 예닐곱이 넘었다. 가끔 그 집에 놀러가면 식구들 모두가 그의 말 한마디에 쩔쩔매는 모습이 지금 생각해도 납득이 잘 가지 않는다.

하지만 그에게도 고비가 찾아왔다. 대학에 입학하자마자 아버지가 급작스레 돌아가신 거였다. 어머니는 여러 가지 일에 손을 댔지만 모두 실패하고 이모한테까지 사기를 당하는 등 그 많던 재산이 흩어지기 시작했다. 더욱이 대학을 작파한 그는 사업을 한답시고 돈을 물 쓰듯 했지만 어떤 일 하나 끌끔하게 마무리한 게 없었다. 부자는 망해도 3년 간다고 했던가? 그나마 남은 돈으로 그럭저럭 지낼 때 그는 결혼을 하고 남매를 낳았다. 그러나 기우는 가세는 걷잡지 못한 채 건물을 모두 날리고 빈털터리가 되었다.

결국 호구마저 힘들게 된 그는 작은 분식집을 차렸고 그 가게 뒷방에서 어머니는 돌아가셨다. 그 후 몇 년이 지났을까? 직장으로 찾아온 그는 정수기를 사라고 조르기도 하고 또 얼마 뒤엔 보험에 가입하라고 떼를 쓰더니 택시운전을 한다고 했을 땐 이혼했다는 소식도 함께 전해졌다. 그 무렵이었다. 간혹 친구들을 만나면 술을 들이붓듯 마시고 아무에게나 행패를 부린다더니 급기야 건강이 나빠져 운전마저 그만두고 틈틈이 택배 일을 한다는 것이 내가 들은 마지막 소식이었다.

"어제 L이 죽었어! 돈이 없어 병원 영안실에 있지 못하고 시립 장례식장으로 옮겼다더군!" 부음訃音을 전한 친구는 말을 잇지 못했다. 찾아간 나를 맞은 건 친구 두 명과 웬 낯선 여자가 전부였다. 그 여자는 중국동포로 L과 위장결혼을 하여 한국 국적을 얻겠다고 이백만 원을 건넸다는데 그가 갑자기 죽자 어제부터 찾아와 저러고 있다는 거였다. 그러나 더욱 짠한 것은 이런 일이 벌써 세 번째라니 난 그만 할 말을 잃었다. '어찌 이 지경까지 됐을까?' 그의 영정 사진을 쳐다보던 나의 눈가엔 물기가 번졌다.

비구니 '미묘'의 뒷얘기는 이렇게 이어진다. 불문에 귀의하게 된 그녀는 고집멸도苦集滅道 네 가지 진리를 증득하여, 지금껏 현생에서 받았던 온갖 고통은 오로지 전생의 과보 때문이었음을 깨닫고 자신이 저지른 죄업을 다음과 같이 전했다.

앞생에 한 부자가 살고 있었다. 재산이 많은 그였지만 부인에게 자식이 없어 첩을 얻었다. 첩은 용모가 뛰어날 뿐만 아니라 아들까지 낳게 되자 부자는 그녀를 몹시 사랑했다. 부인은 불같이 이는 질투심을 참지 못하고 아이를 없애야겠다고 결심했다. 어느 날 아무도 모르게 아이의 정수리에 바늘을 꽂았고 때문에 얼마 후 그 아이는 죽고 말았다. 첩은 애통해하면서 부인의 소행이라 단정하고 추궁했다. 부인은 펄쩍 뛰면서 이렇게 소리쳤다. "만일 내가 그대 아이를 죽였다면 다음 생에 내 남편은 독사에 물려죽고, 자식은 물에 빠져 죽거나 늑대에 잡아먹힐 것이오. 그리고 내 부모형제는 불에 타 죽을 것이며 나는 산 채로 땅에 묻힐 것이다. 이래도 나를 의심하겠소?"라고 말했다. 당시 그 부인은 피할 수 없는 게 업보임을 믿지 않고 이같이 입찬소리를 해댔던 것이다. 바로 그 부인이 현생의 '미묘 비구니'였다.

그녀는 "난 지금 다행히도 부처님의 가르침을 만나 아라한이 됐지만 아직도 뜨거운 바늘이 정수리로 들어와 발바닥으로 나가는 고통을 끝없이 겪고 있다오. 재앙과 복은 이같이 결코 사라지는 것이 아니랍니다"라며 조용히 말을 마쳤다.

불교의 인과법因果法은 '시차는 있어도 오차는 없다'고 한다. 정해진 업은 면할 수 없고定業難免, 자기가 지은 것은 자신이 받아야 한다自作自受는 말이다.

L은 도대체 어떤 과보가 있어 이렇듯 파란만장한 삶을 살다 갔는지 자못 궁금하다. 금수저를 물고 태어나 남들의 부러움을 한몸에 받던 그였다. 게다가 출중했던 외모로 많은 사람들에게 촉망받던 그가 아니던가? 그런데 이렇듯 모진 삶을 견디다 성급히 생의 끈을 놓게 될 줄 누가 알았겠는가. 그의 인생역정은 생각사록 가슴이 아린다.

그를 보내고 온 날 밤, 하늘에선 장대비가 퍼붓고 있었다. '과연 난 이번 생을 제대로 살고 있는 걸까?' 불현듯 드는 서늘한 생각에 자신이 없는 난 두 눈을 질끈 감았다. 간간이 창밖엔 번개와 함께 천둥이 으르렁대고 있었다.

종이함

'진정 감사하는 마음으로 선물을 받는 것은 답례로 줄 선물이 없다 하더라도 그 자체가 바로 훌륭한 답례가 된다'고 한다. 가끔 선물을 받을 때가 있는데, 그 중에는 주신 분의 진심이 그대로 전해져 오랫동안 지니고 싶은 것이 있다. 내게도 고마운 마음으로 소중히 간직하고 있는 선물이 하나 있다.

한지로 만든 아담하고 수수한 종이함인데, 고급스럽고 정교하기보다는 소박하고 어설픈 솜씨의 평범한 지함紙函이다.

삼십 년도 넘은 이야기다. 대학을 졸업하고 고등학교 교사로 부임하여 이태가 되던 2월 말이었다. 첫해엔 담임이 없었지만 2년차엔 1학년 학생들을 맡아 정신없이 한 해를 보내고 다음 학년을 준비하기 위해 부산을 떨던 때였다. 뜻밖에 학부모님이 찾아오셨다.

"선생님! 일 년 동안 수고 많으셨어요. 철부지 어린아일 맡겨놓고 이제야 찾아뵙습니다." 머리를 곱게 빗어 뒤로 묶은 모습과 짙은 남색의 옷매무새가 유독 단정해 보이는 부인이 정중히 고개를 숙이며 인사를 했다. 대개 학년 초, 새로운 담임에게 이것저것 부탁을 하려고 방문하는 학부모들은 적지 않지만 학년이 끝나가는 시기에 담임에게 인사를 하러 오는 분은 매우 드물었다. "애들 아버지가 일찍 세상을 떠나고 위로 세 딸과 이 아이를 혼자 건사하느라 그만 사람노릇을 못하고 사네요. 진작 찾아뵙고 인사를 드렸어야 하는데 어렵게 살다보니 일 년이 후딱 지나고 말았군요. 부족한 아이를 일일이 깨우쳐주고 잘 지도해주셔서 너무 감사드려요. 별로 말이 없는 아인데 담임 선생님 이야기는 집에 와서 곧잘 한답니다." 미소를 띠며 찬찬히 하는 말씨가 햇병아리 교사에겐 친척 누님을 뵙는 것같이 푸근했다. 늦둥이 아들이라 어머니의 나이가 좀 들어보였지만 표정마다 아들에 대한 진솔한 애정과 애틋한 염려가 숨김없이 드러나 마냥 자애롭게 느껴졌다.

"선생님! 우리 애한테 들었는데 아직 미혼이시라면서요? 예부터 함函을 선물 받으면 혼인을 한다고 했어요. 그래서 좋은 인연을 만나길 기원하는 마음으로 작은 함을 만들어 봤습니다"라며 들고 있던 보자기를 조심스레 책상 위에 올려놓는 것이었다. 계면쩍은 마음에 얼굴이 붉어진 나는 어쩔 줄을 모르고 있는데 다시 한번 고맙다는 인사와 함께 공손히 고개를 숙이곤 교무실을 나가는 거였다.

하얀 화선지가 발라져 깨끗한 함 속에는 반듯하게 접힌 편지 한 통이 들어 있었다.

〈선생님! 제가 손수 만든 함입니다. 재주가 부족해 볼품은 없지만 정성을 다해서 만들었습니다. 함은 속이 비어 있어 무엇이든 담을 수 있어 좋고, 가득 담기면 넉넉하고 풍성해서 즐겁다고 합니다. 부디 좋은 분과 함께 이 속을 행복으로 가득 채우시길 기원합니다. 지난 일 년 감사했습니다. 늘 건강하십시요!〉

인쇄를 한 것같이 깔끔하게 써진 글을 몇 번이나 되읽으며 따뜻한 마음이 전해지는 귀중한 선물을 자꾸 어루만져 보았다. 쌍 희雙喜 자 문양을 넣고 오방색 종이를 정성스럽게 바른 전통양식의 종이함은 보면 볼수록 정겹게 느껴졌다. 그 후 내가 결혼할 때 이 종이함을 예물함으로 사용한 것은 당연했다. 그리고 나중에 이 사연을 알게 된 아내까지도 이것을 소중히 여겨 지금도 장식장 맨 위 칸을 차지한 채 우리 곁을 지켜주고 있다. 잘 보관했다가 아들을 결혼시킬 때에도 예물함으로 쓰겠다는 것이 아내의 생각이다.

요즘 세간에 '김영란법'이 화제가 되고 있다. 각종 언론매체들이 연일 떠들고 있는데 적용대상과 부작용에 대한 찬반양론이 아직도 팽팽하다.

알다시피 이 법은 2010년 '스폰서 검사'와 2011년 '벤츠 여검사' 사건을 계기로 기존의 법으로 처벌하지 못하는 공직자의 비리를 막기 위해 만들어진 것이다. 이들 사건이 '대가성과 직무관련성이 없다'는 이유로 잇달아 무죄가 선고되자 대가성이 확인되지 않더라도 금품을 받으면 처벌해야 한다는 여론이 일었고, 급기야 2011년 6월 당시 김영란 국민권익위원장이 국무회의에서 처음 제안했다. 애초 대상은 판검사 등을 포함한 공무원들이고, 공직자가 금품 등을 100만 원 이상 수수하면 처벌을 하겠다는 것이 주된 내용이었다.

하지만 입법 예고 직후부터 법무부 등 부처 간 이견으로 진통을 겪었으며, 국무회의를 통과해 국회 제출 후에도 '법의 적용 대상이 광범위하고 위헌의 소지가 있다'는 이유로 표류했다. 그러다 세월호 참사로 '관피아' 문제가 대두되고, 부정부패 척결 여론이 높아지자 2015년 1월 정무위가 법안 처리에 나섰다. 이번에는 제재 대상에 언론종사자와 사립학교 교직원이 포함되면서 '공무원 등 공공기관 종사자'에 포함되지 않는 직군을 무리하게 포함시켰다는 논란이 일었으나 결국 2015년 3월 3일 이 법안은 국회를 통과했다.

게다가 식대 및 경조사비 등 합법적으로 허용되는 금품의 범위도 시행령으로 정해졌다. 국민권익위원회가 내놓은 시행령에는 공직자 등이 직무와 관련 있는 사람으로부터 3만 원이 넘는 식사 대접을 받으면 과태료를 물게 했고 또 선물 금액은 5만 원 이내로, 경조사비 상한액은 10만 원 이내로 제한했다. 경조사비에는 화환도 포함되며, 경조사 목적이 아닌 승진 선물 등으로 화환을 보낸다면 5만 원의 선물 기준이 적용된다고 했다.

꼭 이렇게 금액까지 정해야만 하는지 지나치다는 생각도 들지만 시도 때도 없이 발생하는 공직자들의 비리를 생각하면 현재 우리에겐 무엇보다도 시급한 법이 아닐까 싶다. 국제투명성 기구가 국가별 청렴도를 분석해 발표하는 부패인식지수에 의하면 2015년 한국은 전체 조사

대상 168개국 중 37위를 기록했다. 또 국세청에 따르면 기업들이 법인 카드로 결제한 접대비가 해마다 늘어 지난해엔 10조 원을 기록했다고 한다. 기업이 힘 있는 공무원의 스폰서 역할을 하면서 시작한 우리 접대문화가 이젠 권력을 가진 사람이 이를 대놓고 요구하고 힘없는 일반인들까지 당연한 것으로 여기고 있으니 다시 한번 사회문화적 각성이 필요할 때가 아닌가 한다. 어찌 생각하면 모든 인간관계를 수치로 정하여 너무 팍팍하게 만든 건 아닌가 하는 우려가 없지 않지만 이제 더 이상 미룰 수 없는 상황이 된 건 아닐지.

물론 내가 받은 이 종이함은 아무리 후하게 치더라도 아직까지 5만 원 미만임이 틀림없다. 그래서 김영란법에는 저촉되지 않노라 당당히 말하는 게 아니다. 혹 공직자의 부패방지를 위해 만들어진 이 법이 고마운 사람들 사이에 순수한 마음의 표시까지도 막는 족쇄가 되는 것은 아닐지 걱정스러워 하는 말이다. 고마움의 표시는 인간의 도리다. 소박한 선물의 진정한 의미까지도 탈색되어가는 세태가 가슴 아프다.

간간이 비바람이 불고 먹구름이 깔릴지라도 하늘은 언제나 푸르지 않던가.

어쨌든 죽은 후가 깨끗해야 해!

"평소에 법문 한번 하신 일 없지만 방과 할이 자재하고, 생전에 글 하나 남기신 일 없건만 문향文香이 가득하며, 두드러진 부촉咐囑 하나 없으되, 도량에 몸 담은 사람은 누구든 청정하고 고매한 수행과 인품을 기억하지 않는 이 없습니다." 취봉翠峯 스님 상좌인 원공 스님은 은사에 대한 생각을 이렇게 드러냈다.

근래에도 간간히 덕망 높은 선지식善知識이 나와 그 법력法力을 기리고 추앙하지만, 1983년 송광사에서 입적入寂한 취봉 스님을 기억하는 사람은 그리 많지 않다.

스님은 1898년 하동에서 태어나 14세 때 쌍계사로 출가하지만 곧 송광사로 옮겨와 계를 받고 강원을 수료했다. 그 후 일본 임제대학에 유학했고 학업을 마치고 돌아와 평생을 송광사 도량수호에 전력을 다했다. 스님의 가장 큰 업적은 한국전쟁으로 폐허가 된 송광사를 복원하여 승보종찰로서의 면모를 갖추게 한 것과 세 차례나 주지를 역임하며 조

계총림 설립에 결정적 역할을 담당했다는 점일 것이다.

천년고찰이 일순간 불에 타 사라지는 것을 지켜봐야 했던 스님은 자신의 손으로 송광사를 복원하겠다는 발원을 세우고 전쟁이 끝난 직후부터 전국을 찾아다니며 탁발에 나섰다. 이 같은 노력 끝에 1960년 대웅전 복원을 마무리 짓고 이후 설법전, 명부전, 응향각, 그리고 종각과 차안당 등을 차례로 복원했다.

내가 스님을 처음 알게 된 것은 〈불일회보〉(송광사 사보)에 실린 법정 스님의 글을 통해서이다. “사중의 공유물과 개인사물에 대한 구분이 누구보다도 철저하셨습니다. 90줄에 계시면서도 조석으로 보이신 한결같은 근행勤行과 대중공양에 꼬박꼬박 참례하던 일은 우리가 다 같이 명심하고 본받아야 할 표본이었습니다.” 법정은 취봉을 이렇게 소개했다.

1982년 여름, 송광사를 찾았을 때다. 마침 인연이 닿아 나는 스님을 친견할 수 있었다. 문을 열어놓은 채 발을 드리운 작은 방에 깡마른 노구임에도 불구하고 허리를 곧추세우고 앉자 계신 스님의 형형한 눈빛은 아직도 기억 속에 또렷하다.

“스님! 죽음이 뭡니까?” 어설픈 내 질문에 “그리 간단한 것도 몰라? 내놓은 숨 들이키지 못하면 죽는 거야! 마신 숨 뱉지 못해도 마찬가지지. 생사가 별 거 있나? 그저 숨 한번에 달린 게지” 하곤 입을 꾹 담으셨다. 한참을 막막히 있던 내가 책상 위에 똑같이 생긴 호롱을 보며 밤엔 두 개를 한꺼번에 켜냐고 묻자, “아니야! 절에 관한 일을 할 때는 오른쪽 걸 쓰지만, 내 사적인 일을 할 땐 이걸 쓰지” 하며 왼쪽 호롱을 손가락으로 가리켰다. 과연 공과 사를 엄격히 구분했다던 스님의 진면목이 아닐 수 없었다.

삼보정재三寶淨財를 부처님 대하듯 소중히 여겨 아끼신 분이 바로 스님이었다. 사중寺中 물건이라면 부러진 숟가락 하나, 끊어진 철사 한 토막도 함부로 하지 않았다. 바깥출입을 할 때도 식당을 이용한 적이 없다. 절 공양간에서 마련해간 떡 몇 조각으로 공양을 대신했다. 이러한 스님의 근검절약은 후학들에게 귀감이 되었음은 물론이고 오늘날 송광사 승풍에 단단한 주추가 되었음은 말할 것도 없다. 스님은 늘 주위사람들에게 "쌀 한 톨에 중의 죄가 서 근이라"는 말을 자주 일렀다고 한다.

스님이 시주물을 소홀히 하지 않았던 일화는 너무 많다. 언젠가 스님이 감기로 심하게 앓아눕자 상좌가 공양간에 있던 생강 몇 조각을 가져다 차를 끓인 적이 있었다. 하지만 스님은 그 차를 입에 대지 않고는 상좌에게 "이놈아! 대중이 함께 써야 할 물건에 왜 함부로 손을 대느냐"고 따끔하게 야단을 쳤다. 또 스님을 찾아온 신도들이 과일이나 차 등을 놓고 가면 즉시 원주실로 보냈다. 절에 들어온 물건은 대중이 함께 나눠야 한다는 게 스님의 뜻이었다.

게다가 스님은 대중이 함께하는 일을 몹시 중요시했다. 절집 속담에 '대중 운집 목탁소리를 들으면 죽은 중도 벌떡 일어난다'는 말이 있다. 그만큼 스님들에겐 집단생활 속 협력이 중요하다는 것을 강조한 말이다. 스님은 연로함에도 불구하고 조석예불과 대중공양은 물론 울력에도 꼬박꼬박 참석했다. 누구보다도 먼저 나와 꼬부리고 앉아 잡초를 뽑거나 마당을 말끔히 비질하던 모습은 그대로 좋은 본보기가 되었으며 송광사의 전통으로 자리잡았다.

스님은 입적을 앞두고 제자들에게 "중은 어쨌든 죽은 뒤가 깨끗해야 해! 아무것도 남기지 않는 것이 납자衲子의 본분이지" 하며 입고 계신 옷 한 벌과 여기저기 촘촘히 기운 고무신 하나만을 남긴 채 지닌 것 모두를 사중으로 보냈다.

세상과의 인연을 마치기 며칠 전, 상좌가 방에 들어가니 스님이 실오라기 하나 걸치지 않은 채 좌선을 하고 계셨다. 이유인 즉 입고 있던 옷 한 벌이 전부였던 스님이 그 옷을 빨자 대신 입고 있을 옷이 없었던 까닭이었다는 말은 절 안팎에 꽤 알려진 이야기다.

이렇듯 무소유 정신을 몸소 실천한 스님은 1983년 6월 28일 밤. 세납 86세, 법납 71세로 원적에 들었다. 제자들에게마저 번거롭게 하는 것이 싫어 이미 자신의 49재를 손수 지냈다고 하니 그 방정한 성품은 짐작이 가고도 남는다. 평소 스님의 행적을 흠모했던 법정 스님은 자신이 쓴 비문의 말미에 이렇게 적고 있다.

〈스님은 삼경에 마지막 횃불이 사그라지듯, 가을바람에 풀잎이 눕듯이 86년의 생애를 조용히 거두면서 수행자에게는 죽음도 삶의 한모습이라는 것을 보여주셨다. 취봉 스님과 같은 살아 있는 맑은 승보僧寶를 십 년 가까이 한 산중에 살면서 지켜보고 배울 수 있었던 출세간의 인연에 나는 진심으로 감사드리지 않을 수 없다.

청정한 덕화德化는 말보다는 침묵의 행동에 있음을, 그것이 또한 수행자의 본분임을 스님은 말없는 법문으로 우리들에게 보여주고 가셨다. 이 도량에서 배우는 후학들은 푸른 멧뿌리처럼 찬연했던 노스님의 수덕修德을 본받아 함께 승보의 아란야阿蘭若를 장엄할 일이다. 맑고도 투철했던 생활규범으로 승보의 도량을 빛내시더니 노스님 떠나신 지 어느덧 십 년, 그 자리 아직도 메워지지 않았네. 다시 낯익은 이 도량에 오셔서 청정한 승가람僧伽藍을 이뤄주소서.〉 스님의 정갈한 성품을 잘 나타내주는 글귀가 아닐 수 없다.

스님이 가신 지 이제 30년이 넘는다. 유창한 설법이나 훌륭한 저서, 그리고 넘치는 제자들의 호사豪奢는 없었다. 하지만 그저 슬며시 이 세상에 오셨다가신 청정 비구의 모습이 요즘 이토록 간절한 것은 야박하고 번잡한 세상 탓일까?

평생 비질을 좋아하셨다던 스님께선 또 어느 연화장 세계에서 마음의 비질을 하고 계실지. 오래전 딱 한번 뵈었던 모습을 떠올리며 삼가 옷깃을 여민다.

Part Ⅳ

어찌 더 묻어두랴

- 추전역杻田驛을 아시나요?
- 가슴에 박은 못
- 노크 좀 해줘요
- 그해 여름은 재앙이었다
- 어찌 더 묻어두랴
- 몸이 고생하는 법이야!
- 기이한 이야기
- 아무 말도 할 수 없었다
- 죽음, 삶의 거울
- 나이 많은 죄
- 참치의 눈물
- 나에게

추전역杻田驛을 아시나요?

겨울 저녁 어스름, 눈이 올 듯 잔뜩 흐린 추전역에서 병상에 누워 계신 아버지를 보았다. 역사 건너편 여기저기 쌓여 있는 석탄더미, 주변은 온통 탄가루를 뒤집어쓴 채 시커멓다. 높고 험하다는 함백산과 매봉산이 이웃 동산처럼 만만해 보이는 곳. 기차역이라고는 하지만 기다리는 승객은 아무도 없다. 한적하다 못해 적막함이 감도는 하늘 아래 첫 역, 내게 추전역은 뭉근한 아픔이었다.

추전역을 아는 사람은 그리 많지 않다. 강원도 태백시 화전동에 위치한 이 역은 우리나라에서 가장 높은 역이다. 63빌딩의 세 곱에 다시 63m를 더한 높이. 입구엔 '추전역 해발 855m'란 은빛 표지판이 바람에 덜렁대고 있다.

현재는 이용객이 없어 여객 업무를 중단한 지 20년이 넘는다. 추전역을 오가는 하루 50여 대의 열차 중, 이곳에 정차하는 것은 단 두 대. 제천과 영주를 오가는 무궁화호 열차가 아침저녁으로 한번씩 섰다 가지만 승객은 없고 물품 수령이나 출퇴근하는 직원들만이 타고 내릴 뿐이다. "역을 보기 위해 드물게 찾아오는 관광객들도 모두 승용차를 이용하지, 기차를 타고 오는 사람은 없어요." 가으내 바짝 마른 맨드라미를 뽑아 거두던 나이든 역무원은 느린 말투로 이야길 했다.

지난 1980년대 중반만 해도 추전역 부근이 이렇듯 사람 귀한 곳은 아니었다고 한다. 역 주변으로 30여 채의 민가가 자리해, 해질녘 서녁 짓는 연기가 모락모락 피어오르면 제법 그 정경이 푸근했다고 전한다.

그러나 쉰 개가 넘던 광업소들이 하나둘 문을 닫게 되고 겨우 세 곳만 남아 그 명맥을 유지하게 되자 일손을 놓게 된 광부들은 뿔뿔이 흩어지고 지금은 텅 빈 집들만이 추레한 사당祠堂처럼 허물어지고 있었다.

역 앞 좁은 마당엔 일찍 어둠이 내려앉았다. 휑하니 부는 바람은 마른 나뭇가지 사이를 내달리며 신음소릴 내고, 가쁜 기적소릴 울리며 지나는 화물열차는 칙칙한 건너편 골짜기를 뚫고 사라져버렸다. 화전민이 떠난 묵밭에 싸리나무가 지천이라 '추전'이라고 불렀던가! 이곳의 쓸쓸함은 이제 모든 소임을 마치고 사라짐을 준비하는 비감悲感 그 자체였다. 시간이 그대로 멈춘 듯, 추전역은 돌아앉은 아버지의 처진 어깨처럼 힘없이 가라앉고 있었다.

두어 달 전이었다. 어머니의 다급한 전화 목소리에 혼비백산 부모님 댁으로 달려갔다. 아버지가 쓰러지신 거였다. 저녁을 잘 잡숫고 잠자리에 들 무렵, 무심코 일어서던 아버지가 그만 어찔하며 정신을 잠시 놓치신 모양이었다. 구급차를 타고 간 병원의 재빠른 조치 덕분에 위기는 용케 넘겼지만 달포 이상을 병원에 계셔야 했다.

아버지의 병실을 지키던 보름 전 오후, 병실 창문 너머로 조락凋落의 가을을 보았다. 바짝 마른 가을 햇빛, 온 산을 물들이던 낙엽도 이젠 끝물인지 스산한 바람에 여기저기 나뒹굴고 잿빛 하늘엔 작은 새 한 마리가 길게 반원을 그리며 날아갔다. 채색화 같던 건넛산이 어느덧 짙은 수묵화로 변해가고 있었다.

이때 문득 고개를 돌려 바라본 병실 안. 하얀 침상 위에 웅크린 채 누워계신 아버지의 모습이 마냥 외롭고 낯설었다. 벽을 향해 돌아누운 아버지는 뼈대를 고스란히 드러낸 산등성이처럼 허전했고 병실 깊숙이 파고 든 초저녁 햇볕이 노을처럼 서글펐다.

아버지는 내게 든든한 산맥이었다. 고향이 이북인지라 한국전쟁 당시 월남해 삼남매를 낳아 기르며 가정을 일구셨다. 달랑 등에 지고 나온 피난보따리 하나에 의지한 서울생활이 얼마나 팍팍하였겠는가? 먹을 것, 입을 것, 살 곳 모두가 걱정이었다던 그 시절, 요지부동 우리 가족을 지켜낸 뿌리 깊은 나무가 아버지였다.

요즘 들어 부쩍 아버지라는 보통명사가 갖는 무게와 울림을 생각할 때가 많다. 격변의 근대를 거치면서 '아버지'가 함축하고 있는 수많은 삶의 서사와 역사성을 어떻게 다 표현할 수 있을까마는 정말 거칠고 험한 세상을 묵묵히 견딘 분이 아버지셨다. 그런데 이제 당신 생의 할 일을 거의 다 마쳤다고 생각하는 아버지는 모든 것을 내려놓은 듯 마른 짚단처럼 가만히 누워계셨다.

그토록 크고 울창했던 산속엔 해묵은 나무도 보이지 않고 새순 돋을 잔솔도 없다. 그나마 청태靑苔 속 숨겨진 난초마저 사라져버린 지금, 미소도 성냄도 애달픔도 즐거움도 없이 잦아드는 호흡에 미지근한 온기만이 남은 듯싶었다. 왕성했던 것은 반드시 쇠락하는 것이 세상 이치라고 했던가? '지는 해나 저녁 산의 아름다움 앞에 잠시 멈추고 아! 하고 탄성을 지르는 것은 신성神聖 : divinity에 참여하는 것이다'라는 힌두 경전의 한 구절을 속으로 뇌며 아버지를 오랫동안 바라보았다.

"아! 참! 조만간 눈이 오면 여기도 바빠져요. 비록 겨울 한철이지만 관광객을 위한 눈꽃열차가 운행되면 몹시 붐비지요. 각지에서 몰려든 사람들에게 이 역은 존재만으로도 수많은 이야기를 들려줄 수 있답니다. 그러면 사람들은 모든 일을 온전히 마친 성자聖者의 뒷모습을 떠올리며 이곳을 오래 기억하지 않을까요?" 황량한 풍경에 애틋한 표정을 감추지 못하는 나에게 역무원은 위로하듯 말했다. 자신도 눈꽃열차를 기다린다며 넉넉하게 웃는 그를 뒤로 하고 천천히 역을 내려왔다.

집으로 돌아오는 길은 멀었다. 하지만 아버지께 드리고 싶은 말이 생각나 조급한 마음이 자꾸 길을 재촉했다. 도착해 뵙게 되면 '추전역을 아시냐?'고 물어봐야겠다. '낡고 보잘것없지만 단단히 그 자리를 지키며 옛날을 이야기하는 노인 같은 역을 아시냐?'고 여쭙고 싶은 거였다. 그리고 아직도 우리를 위해 할 일이 남아 계심을 일러드리며, 올겨울 눈꽃열차를 타고 추전역을 함께 다녀오자고 두 손을 꼭 잡아드려야겠다.

늙어도 아름다운 건 나무뿐만이 아니라는 것을 이젠 분명히 알 것 같았다.

가슴에 박은 못

서른아홉에 세상을 떠난 형의 죽음은 급작스러웠다. 모든 장례 절차에 앞장서야 할 나마저 너무 뜻밖이라 허둥지둥 정신이 어리쳤다. 왜 이런 일이 우리에게 일어났는지 그리고 장차 형의 빈자리를 어떻게 메우며 살아야 하는지 생각할 짬도 여유도 없었다. 맥을 놔버린 부모님은 말할 것도 없고, 형수와 어린 조카도 나만 쳐다보고 있었다. 문상을 받으면서도 불러대는 곳이 줄을 잇다보니 몸이 두 개라도 모자랄 판이었다. 하지만 무엇보다도 가슴을 짓누르는 것은 부모님에 대한 걱정이었다. 차마 장례식장에는 와 보지도 못하시고 집에서 까맣게 속만 태우실 그 분들을 생각하면 기가 막혀 숨을 쉴 수가 없었다. 생때같은 큰아들을 앞세운 심정이 과연 어떠했을까? 입을 꾹 다물고 우두커니 방안에 혼자 계신 아버지는 그래도 어떻게 견디지 않을까 싶지마는, 아예 이불을 깔고 누워 물 한 모금도 마다한 채 눈가가 짓무르도록 흐느끼는 어머니가 큰일이었다. 그래도 시간은 흘렀다. 막막하기만 했던 장례식은 끝이 나고 우린 속절없이 형을 이승에서 떠나보냈다.

25년도 넘은 일이다. 생각만 해도 진저리가 쳐지는 그 일이 오늘은 아침부터 문득 머릿속을 스쳤다. 구순을 맞이한 아버지를 위해 마련한 잔치자리, 큰상을 받고 앉아 축하객들로부터 인사를 받고 계신 부모님의 모습을 바라보고 있으려니 형의 빈자리가 덩그러니 눈에 띄었다. 다시 생각해봐도 형의 죽음은 황당하기 짝이 없었다.

세상을 뜨기 열흘 전, '어린이날'이라고 조카들 선물을 챙겨와 나와 같이 식사를 했고, '어버이날'엔 부모님을 모시고 두 가족이 함께 서울 근교 나들이까지 다녀왔다. 근데 '뇌종양'이라니 누가 그 말을 믿을 수 있겠는가. 14일 저녁 형이 쓰러졌다는 연락을 받고도 설마 무슨 일이야 있겠나 싶었다. 그런데 달려가 보니 이미 의식을 잃은 상태였다. 그날도 친구 집에 초대를 받아 저녁을 먹으며 와인까지 한두 잔 나눠마셨다니 어안이 벙벙할 따름이었다.

병원의 의사마저도 의아한 듯 고개를 갸웃거리며 "악성 뇌종양입니다. 아주 드물지만 발생 부위에 따라 이렇듯 끝까지 증상이 없을 수도 있습니다"라고 했다. 의사의 말은 그야말로 청천벽력이었다. 요즘 들어 기억력이 예전만 못하다며 메모하는 모습을 간혹 본 적이 있고 말이 약간 어눌해졌다는 생각은 했지만 걱정할 만큼 특별한 징후를 보인 적은 없었다. 난 후들거리던 다리를 끝내 지탱하지 못하고 그 자리에 털썩 주저앉았다. 형은 다음날 저녁 무심히도 우리 곁을 떠나고 말았다.

집안 분위기는 납덩이처럼 무겁게 가라앉았다. 가족들은 서로의 눈을 피한 채 각자의 슬픔을 녹여내려 이를 꽉 물고 있었다. 하지만 어머니는 달랐다. 작정한 듯 식음을 전폐하고 아무렇게나 자신을 팽개쳐버리고는 슬픔 속으로 하염없이 빠져들고 계셨다.

어머니가 곡기穀氣를 끊은 지 일주일이 넘었다. 억지로 떠넣은 물 몇 모금이 고작이었다. 기신을 차릴 수 없는 어머니는 일어나 앉지도 못했다. 의사의 왕진도 소용이 없었다. 꽂아놓은 주사바늘을 스스로 빼 던지며 통곡을 했다. 살고 싶지 않으니 제발 이대로 내버려두라는 소릴 신음처럼 뱉으셨다. 가족들이 매달려 사정을 해도 막무가내셨다. 이젠 강제 입원만이 유일한 길이라 의견을 모으고 있을 때였다. 난 마지막 카드를 꺼내 들었다. 아무리 생각해도 다른 방법이 없었다.

커튼이 모두 내려져 있던 안방은 어두침침했다. 어머니의 괴로운 숨소리가 거칠게 들렸다. 주무시는 것 같진 않았다. 난 어머니에게 다가가 야윈 손을 꼭 쥐며 입을 열었다. "엄마! 미안해! 둘 중에 하나라면 차라리 나였어야 했어요. 재주 많은 형 대신 내가 죽었어야 엄마가 좀 나았을 텐데. 엄마! 정말 미안해요!" 나의 말은 오열과 뒤섞여 심하게 떨렸다.

미동도 없던 어머니가 갑자기 움찔했다. 그리고 있는 힘을 다해 천천히 돌아눕더니 급기야 방바닥을 짚고 일어나 앉았다. "그게 무슨 소리냐? 도대체 그게 무슨 말이냐고? 절대 그런 거 아니야. 얘가 지금 무슨 소릴 하는 거야." 어머니는 나를 부둥켜안더니 안간힘을 다해 내 등을 두드리며 흐느끼셨다.

이렇게 얼마나 시간이 지났을까. 방안은 지척을 구분할 수 없을 만큼 깜깜해졌다. “지금이 몇 시냐? 나 따뜻한 물 한 모금 갖다다오!” 어머니는 자신의 무릎을 세워 두 팔로 감싸안으며 잔뜩 쉰 목소리로 말씀하셨다. 어머니에 대한 극약처방은 일단 약효가 있었다.

부엌에서 미음을 끓이던 집사람이 어찌된 일이냐고 물었지만 난 선뜻 입을 열 수 없었다. 아무리 화급했을지라도 차마 해서는 안 될 모진 말을 해댔기 때문이었다. 피멍이 든 가슴에 다시 대못을 박은 꼴이니 생각할수록 못된 내 생각에 얼굴이 화끈거렸다. 하지만 그 말이 어머니를 다시 일으켜 앉힌 것은 분명하고 그 후 기를 쓰며 건강을 회복하려고 애를 쓰셨던 것도 사실이다. 자신의 절망이 또 다른 자식에게 상처가 돼서는 안 되겠다는 마음이 어머니의 생각을 바꾼 것일 게다.

아버지의 구순잔치는 흥겹게 무르익었다. 일가친척들이 순서대로 나와 술을 올리며 큰절로 축하를 했다. 이때다. 문득 창문 너머 빈 하늘을 멍하니 바라보고 계신 어머니의 눈 밑 그늘을 보았다. 형의 부재가 또 어머니의 가슴을 훑어 내고 있는 게 분명했다. ‘망각은 훌륭한 기억보다도 아름답다’는데 지워지지 않는 그리움에 자신도 모르게 저러시는 걸게다. 우리는 어떤 사실을 잊어서 괴롭기보다 잊지 못해 힘들 때가 훨씬 더 많다. 그래 그 기억이 스스로 엷어질 때까지 기다리며 한없이 가슴을 저며야 한다. 그런 점에서 망각은 진정 축복이 아닐는지.

‘말이란 때론 뼈 속까지 파고든다는데 내가 박은 못의 상처가 얼마나 아리고 저리셨을까?’ 죄송한 마음에 나도 고개를 돌려 하늘을 무연히 바라보았다.

인생을 살면서 정말 힘들고 아픈 일은 극복하는 것이 아니라 견디는 거란 말이 새삼 무겁게 가슴을 친다. 그렇다! 인생은 그저 묵묵히 견디는 거다.

노크 좀 해줘요

2012년 4월 30일. 이장移葬 날이 결정됐다. 21일이 윤삼월 초하루니 그 날은 열흘, 손 없는 날이라 어머니는 진즉에 맘에 두고 있었다고 했다.

형이 채 보름도 앓지 않고 급작스레 세상을 떠난 게 벌써 십구 년 전이다. 큰아들을 땅에 묻고 피를 토하듯 가슴을 쥐어짜던 어머니의 모습이 엊그제만 같은데 쏜살같은 게 세월이란 말이 허랑하지 않다.

그간 어머니가 형의 산소에 쏟은 정성은 말도 못한다. 시도 때도 없이 찾아가 잔디를 고르고 꽃나무를 심어 정원처럼 가꾸어놓았다. 그런데 이렇듯 애지중지 하던 분이 느닷없이 지난해부터인가 파묘破墓를 해 납골納骨을 하자며 성화를 대는 거였다. 아마 자꾸 쇠잔해지는 당신의 기력을 염려하던 중, 향후 산소 관리가 걱정이 됐던 게 분명하다. 그러니 차제에 손보기 번거로운 무덤을 없애고 납골당에 안장하는 것이 좋을 듯싶으셨을 게다. 특별히 반대하는 가족이 없었던지라 곧바로 납골묘를 장만하고 이장 날짜를 기다리게 되었다.

"제가 인부들과 잘하고 올게요. 어머니는 집에 계세요. 어떻게 그 모습을 다시 보겠어요? 알았지요?" 나는 수없이 어머니께 다짐을 했고, 매사 예법에 맞게 할 테니 염려하지 말라고 자신 있게 말했다. 하지만 그 일이 어디 예삿일이던가? 이장을 담당한 업체 사람들에게 단단히 부탁은 했지만 내심 참담하고 또 엄두가 나지 않아 걱정이 태산이었다. 아직도 내 속이 이렇듯 미어지는데 어머니야 오죽하겠나? 싶어 모시고 가는 것은 생각조차 할 수 없었다.

이장 날이 하루 앞으로 다가왔다. 업체 직원이 다시 한번 연락을 했다. 필요한 물품은 자기들이 마련해갈 테니 시간이나 꼭 맞춰 오라는 당부였다. 그러나 어머닌 그 말에 개의치 않고 미리 준비해둔 삼베와 한지韓紙를 잘 말아 묶더니, 내일 아침 산에서 치를 산신제와 고유제 그리고 납골 후 지낼 제사의 제물까지 꼼꼼히 구분해 상자에 담는 거였다. "그쪽에서 설렁설렁 준비한 것이 오죽하겠니? 아들이 이사를 한다는데 맥 놓고 있을 수 없어 정성껏 만든 거니 착오 없도록 해!" 그러곤 뜬금없이 건너편 상가의 호두과자를 넉넉히 사다놓으라는 거였다. 의아했지만 당신이 두고 잡숫겠다니 따를 수밖에 없었다.

당일 아침, 밤새 뒤척이며 잠을 설친 난 서둘러 출발했다. 일찌감치 도착해 이젠 다시 오게 되지 않을 무덤 앞에 앉아 눈에 익은 건너 산을 망연히 쳐다보고 있었다. 약속시간이 되자 포클레인을 실은 트럭이 도착하고 사람들이 내렸다. 나는 먼저 인사를 건네는 그네들에게 아는 체를 했다. "너무 걱정하지 마세요. 자주 해본 일이라 잘합니다. 화장장

예약도 확인했고 시간도 충분하니, 그저 지켜보고 계시면 저희들이 다 알아서 해요." 계약할 때 보았던 업체 사람은 정중하고 친절하게 말했다. "네! 잘 부탁합니다. 절차도 모르는데다가 괜한 짓을 하는 것은 아닌가 싶어 걱정이 많습니다. 모쪼록 탈 없이 잘 마쳐주십시오." 난 몇 번이나 고개를 주억이며 그들에게 당부했다.

잠시 후, 산신제가 행해지고 나는 산소에 고유제告由祭를 올렸다. 그리고 조금 떨어진 곳으로 자리를 옮겨 그들을 지켜보고 있었다. 트럭에서 내려진 포클레인은 요란한 소릴 내며 산소 쪽으로 천천히 움직였다.

이때였다. 무심코 산 밑을 보던 난 내 눈을 의심하지 않을 수 없었다. 뜻밖에 어머니가 허겁지겁 올라오고 계신 게 아닌가. 안 오겠다고 철석같이 약속을 한 분이 불쑥 나타나다니 황망하기 짝이 없었다. "도대체 어쩐 일이세요. 그렇게 당부를 했건만 무슨 일로 오셨냐 말이에요?" 걱정이 앞선 난 소리를 버럭 지르며 화를 내고 말았다. "심란하고 염려가 돼 집에 그냥 있을 수 있어야지. 다 늙은 사람이 자식 일에 무얼 가리겠나 싶어 쫓아왔으니 싫은 소릴랑 그만해라." 어머니는 지친 듯 그 자리에 주저앉아 가쁜 숨을 몰아쉬었다. 손엔 어젯밤 사드린 호두과자가 상자째 들려 있었다. 그걸 보니 이미 작정한 일이 분명할 터, 어머니는 시종 시치미를 떼고 계셨다. 딱한 노릇이지만 어쩔 수 없어 어머니를 부축해 나무그늘로 자리를 옮길 수밖에 없었다.

작업은 곧 시작되었다. 우선 주변의 나무들을 뭉개듯 밀어낸 포클레인 기사가 주위를 잠시 살피더니 땅파기를 막 시작하려던 참이었다. 이

때 앉아 계시던 어머니가 갑자기 소리를 질러 일을 막더니 급히 뛰어가는 거였다. 까닭을 물어볼 틈도 없이 달려간 어머닌 "여보! 기사양반! 내가 부탁이 있어요. 저 산소 임자가 내 큰아인데 태생이 순하고 얼떠겁이 많았다오. 한 20년 가까이 편히 있던 곳을 갑자기 파헤치면 얼마나 놀라겠소. 그러니 파기 전에 저 기계로 동서남북 네 군데를 땅속까지 울리게 쿵쿵쿵 찧어 노크를 좀 해줘요. 그래야 저 애도 맘에 준비를 할 것 아니요? 내 그것 때문에 일부러 온 거라우" 하더니 가져온 호두과자를 뭉텅뭉텅 꺼내 기사와 주변 사람들 손에 한 움큼씩 쥐어주는 거였다. "네? 아! 네" 말뜻을 금방 알아차린 그 기사는 "염려마세요. 할머니 말씀대로 노크하고 시작할게요"라며 고개를 끄덕여 어머니를 안심시켰다.

'쿵쿵쿵, 쿵쿵쿵' 작업을 시작한 기사는 어머니 쪽을 향해 이 정도면 되겠냐며 천천히 그러나 확실하게 땅바닥을 두들겼다. 한번도 그곳에서 눈을 떼지 않은 채 계속 '아미타불'을 염송하고 계신 어머니를 보며, 내 눈은 그만 뿌옇게 흐려졌다.

조선시대 패관문학을 기록해놓은『대동야승』엔 이런 사연이 전한다. 어떤 이가 조롱鳥籠에 꾀꼬리 모자母子를 넣고 길렀다. 어느 날 새끼 꾀꼬리를 탐하는 손님이 있어 선물로 줬다. 어미는 그날부터 먹이를 먹지 않고 구슬피 울기만 하더니 닷새 뒤에 죽고 말았다. 주인이 배를 갈라 보니 창자가 다 녹아 형체를 알 수 없을 지경이었다. 자식 잃은 어미의 애끊는 심정을 이보다 더 잘 표현할 수 있을까? 짐승의 모정이 이럴진대 하물며 사람이야 두말할 나위도 없지 않은가. 자식 기르는 어미의 애간장이야 하루에도 몇 번씩 녹고 다치련만 그 중에서도 가장 애절하기는 자식을 앞세운 경우가 아닌가 싶다.

일은 무사히 진행돼 해가 질 무렵 모두 끝이 났다. 집으로 돌아오는 길, 어머니는 줄곧 눈을 감고 계셨다. 오늘 하루, 먼저 보낸 아들이 얼마나 측은했을까? 더욱이 그 곡진한 속은 아랑곳하지 않고 무턱대고 성질을 부린 내가 얼마나 야속했을까? 생각하니 목이 꽉 메었다.

"자식이 죽으면 가슴에 묻는다지만 가슴에도 묻어지지 않는 게 자식이야. 아직도 문득 저만치 올 것 같아 맘이 절이고 아파! 바늘로 손톱 밑을 후빈들 이리 못 견딜까?" 오래 참은 듯 길게 한숨을 내쉬며 어머니는 말했다. 도무지 어미 노릇은 언제쯤 끝나는 것인지. 어머니의 애절한 마음같이 온통 붉게 물든 서쪽하늘을 바라보며 다시금 간절히 형의 명복을 기원했다.

그해 여름은 재앙이었다

올여름 불볕더위가 그 도를 넘고 있다. 바람 한 점 없이 기온이 34~35도를 넘나들고, 내리쪼이는 햇빛은 찌르는 바늘 끝처럼 따갑다. TV에선 연일 바닷가 풍경을 소개하며 날씨를 전하고 있지만 내겐 도통 관심 없는 배경화면일 뿐이다. 나는 절대 바닷가로 피서를 가지 않는다. 그곳에서 겪은 트라우마가 아직도 상흔처럼 생생하기 때문이다.

큰아이가 3살 무렵이니 벌써 25년 전 일이다. 생후 3개월 된 작은애를 부모님께 맡기고 셋이서 떠난 첫 여행이었다. 장소는 강릉 경포대, 가는 방법은 비행기를 타기로 했다. 그러나 장소와 방법 모두 다시는 떠올리고 싶지 않은 기억으로 남아 있다.

비행기보다는 아무래도 기차가 좋겠다는 아내의 고집은 의외로 강경했다. 그러나 난 8시간이 넘게 걸리는 기차 속에서 아이와 진을 뺄 일도 만만치 않고, 2박3일 짧은 일정에 오고가며 시간을 다 뺏기면 휴가는 건성이 될 거라고 꾸준히 설득했다. 게다가 다른 곳에서 조금씩 절

약하면 비용에서도 별반 큰 차이가 없다고 거듭 설명하자 아내는 결국 동의했다.

하지만 출발하는 날. 김포공항에 도착한 우리는 비행기를 보는 순간 그만 아연했다. 성수기에 급히 투입된 특별기라고는 하지만 해도 너무했다. 2차 세계대전 때나 사용했을 법한 쌍발 프로펠러에 크기도 시내버스보다 조금 큰 듯 보였고 심지어 날개와 몸통 일부가 누더기처럼 더덕더덕 기워져 있었다. 중간 창문 쪽으로 아내와 애가 타고 난 안쪽에 앉았다.

드디어 이륙이 시작됐다. 굉음과 함께 비행기 전체가 요동을 치더니 힘겹게 뜨긴 했지만 가는 내내 흔들림으로 불안감을 감출 수 없었다. 그러나 정작 사달은 목적지에 다 가서 벌어졌다. 착륙하겠다는 안내방송이 나오고 곧바로 기체가 하강을 시작했는데 잠시 후, 느닷없이 다시 뜨는 것이 아닌가. 그리고 시퍼런 바다 위를 한동안 순회하더니 새롭게 착륙을 시도, 그러나 또 실패. 이러기를 서너 번 계속하자 비행기 안은 술렁이기 시작했다. 탈이 난 게 분명했다. 긴장된 표정의 승무원들이 왔다갔다 수선을 피우고 곧이어 안내방송이 흘러나왔다. 내용인 즉, 랜딩기어 이상으로 착륙 시 앞바퀴가 나오지 않아 정상 착륙이 어렵다는 내용과 공항에서 준비를 마치는 대로 비상착륙을 시도할 계획이라는 거였다. 순식간에 비행기 안은 아수라장이 됐다. 여기저기 고함을 치는 사람과 승무원에게 욕설을 퍼붓는 사람. 그리고 겁에 질려 울부짖는 사람까지 삽시간에 바뀐 비행기 안은 지옥이 따로 없었다.

창문을 통해 내려다보니 활주로 부근엔 이미 불자동차가 대기했고 사람들이 몰려 서 있었다. 우리가 탄 비행기는 계속 바다 위를 돌고 있었다. 이 무슨 예기치 못한 횡액이란 말인가. 난 어쩌면 죽을지도 모른다는 공포감에 입안이 깔깔하게 말랐다. 이윽고 아내가 두고 온 작은애는 어쩌면 좋으냐며 흐느꼈다. 이상한 일이었다. 죽음에 직면한 우리보다는 남겨두고 온 부모와 작은아이 생각에 숨이 콱 막혔다. 할 말을 잃은 난 아내와 아이를 안쪽으로 앉히고 창 쪽에 앉아 눈을 감았다. 짧은 시간이었지만 별의별 생각이 다 스쳐갔다. 15분은 족히 흘렀을 것이다. 드디어 비행기가 하강을 시작했다. 난 아이를 가슴에 안고 고개를 숙인 아내의 어깨를 꽉 감싸안았다. 순간 덜컹하며 앞바퀴 빠지는 소리가 나고 착지가 제대로 이루어졌는지 기체를 심하게 흔들며 비행기가 빠른 속도로 활주로를 내달렸다. 맙소사! 하늘이 도운 것일까? 마지막 시도에서 운 좋게 바퀴가 튀어나온 것이었다. 어이없게도 공포의 해프닝은 이렇듯 싱겁게 끝이 났지만 놀란 가슴은 도무지 진정되지 않았다. 비행기에서 내리자마자 애를 감싸안은 집사람은 소리까지 내며 울었다. 공포가 안도로 바뀌자 솟구친 눈물을 감당하지 못하는 것 같았다. 아무튼 그 여행은 시작부터 이렇게 모질고 험난했다.

천신만고 끝에 도착한 경포대는 훅훅 달아오른 화로 속이었다. 더욱이 물에 밥을 말아놓은 듯 해변은 '사람 반 물 반'이었다. 소나무 그늘엔 텐트가 빼곡히 자리잡고 백사장엔 비치파라솔이 줄지어 쳐 있었다. 보자기만한 그늘도 공짜는 없었다. 잠잘 곳은 있을까 걱정스러운 마음에 부지런히 숙박업소를 뒤졌으나 만원이었고, 민박집도 빈 곳이 없었다. 두 사람을 뙤약볕에 세워둔 채 이리 뛰고 저리 뛰어 찾은 곳이 고작 가건물 여인숙인데 하룻밤 숙박료가 둘이 타고 간 비행기 값보다도 비쌌다. 하지만 선택의 여지가 없었다. 아내와 아이를 한데다 마냥 세워둘 수는 없지 않은가? 그러나 더더욱 기막힌 것은 한증막 같은 방에 들어가서였다. 낡은 텔레비전과 작은 선풍기가 있었지만 콘센트가 하나밖에 없었다. 주인은 하나만 선택해 쓰라고 태연히 말하며 내키지 않으면 나가도 좋다는 배짱이었다.

말썽부린 비행기와 바가지 상혼에 시달릴 대로 시달린 하루, 해가 질 무렵 바닷가 산책을 위해 준비를 하는데 이번엔 아이가 보채기 시작했다. 더위를 먹었는지 얼굴이 벌겋게 달아오르고 이마가 펄펄 끓었다. 정말 최악이었다. 우린 강릉 시내 병원을 다녀올 요량으로 숙소 주인에게 말하고 택시를 불렀다. 하지만 병원응급실은 한층 더 가관이었다. 아이를 보여주며 아무리 사정해도 기다리라는 말뿐 상대해주는 사람이 없었다. 아이는 점점 까부라지는데 아무런 대책이 없으니 환장할 노릇이었다. 교통사고 환자, 싸우다 칼에 찔린 사람, 만취해 넘어져 다리가 부러진 사람 등 숫제 부둣가 시장보다 더 난장이었다. 시간 반을 기다려 의사를 만났고 겨우 링거를 맞힐 수 있었다. 침대도 없이 복도 나무의자에서 주사를 맞고 있는 아이 곁을 지키다 일어선 시간이 새벽 1시였다. 아이를 데리고 다시 숙소로 돌아왔는데 이젠 방이 없어진 거였다. 12시까진 기다렸지만 오질 않자 방을 다른 사람에게 주었다는 것이다. 어처구니가 없었다. 돈까지 모두 지불했는데 이럴 수 있는 거냐며 강하게 항의하자 숙박료 절반을 돌려줄 테니 이불을 보관하는 창고 방을 쓰라는 거였다. 난 그 뻔뻔한 넉살에 질려버렸으나 그 시간 지칠 대로 지친 가족을 생각하면 별 도리가 없었다. 치미는 분노로 밤을 하얗게 밝힌 난 동이 트자마자 경포대를 떠났다. 더 이상 버틸 수가 없었다. 두 번 다시 보고 싶지 않은 해변, 억울하고 분해 눈물이 핑 돌 지경이었다.

병원을 한번 더 들러 늘어진 아이에게 주사를 맞힌 후 기차에 몸을 실었다. 그해 여름은 재앙이었다. 지금도 그때를 생각하면 신물이 나고 몸서리가 쳐진다.

오늘도 아침부터 푹푹 찐다. 텔레비전에서는 해운대와 경포대가 번갈아 비쳐지며 여름 피서지 소식을 전하고 있다. 매년 이 시기에 반복되는 그 화면을 바라보며 아내는 내게 무슨 말을 하려다 번번이 입을 다문다. 떠올리기조차 싫은 게 분명하리라.

그 후, 우린 아무리 더워도 바닷가 피서는 부럽지가 않다. 그 북새통 속에서 볶이며 시달리느니 차라리 집에서 더위와 동무하는 편이 훨씬 낫다. 책 몇 권 옆에 낀 채, 선풍기 앞에서 수박 한 입 베어무는 것이 참한 피서라는 것을 우린 너무 일찍 알아버렸다.

어찌 더 묻어두랴

"누나! 서울 갔다올 거면 정구공 하나 사다줘야 해! 만일 사오지 않으면 누나라고 부르지 않을 테야, 알았지!"

6·25전쟁이 발발한 1950년 겨울 갓 결혼해 남편을 따라 피난길에 나선 어머니는 치맛귀를 붙잡고 동구 밖까지 쫓아나와 손을 흔들던 막냇동생을 아직껏 가슴속에 담고 사신다. "그래, 누나가 꼭 약속 지킬게 걱정 마!" 그해 어머니 나이가 스무 살이었으니 띠가 같던 외삼촌은 여덟 살 어린애였다. 어머니는 60여 년이 지난 요즘도 동생의 마지막 모습이 눈에 선하다며 간혹 눈물을 찍어내시곤 한다.

"얼마나 나를 기다렸을까? 철석같이 한 약속을 아직도 지키지 못하고 있으니 이 나이가 되도록 누나 소리 한번 못 듣고 사는 거지! 그 당시엔 길어야 서너 달이면 돌아갈 줄 알았지 이렇듯 호호할머니가 되도록 못 볼 줄 누가 알았겠느냐." 어머니는 종종 혼잣말로 중얼거리셨다.

어머니 고향은 황해도 금천군 외유면 문수리다. 서울서 승용차로 한 시간 남짓이면 닿을 수 있는 곳이다. 그런데도 가볼 수가 없으니 생각할수록 가슴이 저리다. 몇 해 전 어머니께 금강산 관광을 권한 적이 있었다. 하지만 '지척인 고향땅도 못 가보면서 무슨 흥에 명산 구경을 다니겠냐'며 한사코 마다하셨다.

"그저, 죽기 전에 고향땅 한번 밟아보는 것이 소원인데 가능할는지. 그마저 안 된다면 멀리서 까치발로 얼핏 보기만이라도 했으면 좋으련만 이젠 나이가 많아 이도저도 다 틀리지 않았나 싶다." 얼마 전 이산가족 상봉이 다시 불투명해졌다는 뉴스에 어머니는 체념한 듯 나직이 말을 이었다.

"사변이 나던 그해 겨울 날씨가 얼마나 매섭던지 솜저고리 속을 파고드는 추위는 지금 생각해도 몸서리가 쳐져. 서울 다 오도록 두고 온 부모님과 동생들 생각에 울다 걷다 정말 죽을맛이었지. 휴전이 되고 서울에 정착하고도 먹고 사는 일은 왜 그리도 팍팍하던지 오죽하면 십 년 넘어 밥술이나 먹게 될 때까지 피난 나온 게 후회가 돼 스스로 발등을 찧고 싶었다니까. 하지만 그땐 이를 악물고 살아선지 그리움은 가끔 도지는 위장병같이 그런 대로 감당이 되더라고. 다만 무심한 세월만 사정없이 흐르고 말았지. 그런데 요즘엔 환한 달만 쳐다봐도 새록새록 그리움이 사무쳐 눈물에 달빛이 번지는 거야. 부모야 진즉 돌아가시고 안 계시겠지만 고향집이 어제 본 듯 또렷하고 올망졸망 동생들 모습도 선연히 떠오르니 도대체 어찌된 노릇인지. 이젠 살날이 얼마 남지 않아 그럴 테지 하다가도 정작 살아생전에 만나보면 얼마나 좋을까 하는 희망의 끈이 놓아지질 않네."

착 가라앉은 어머니의 목소리는 영화의 비감한 대사처럼 가슴속을 파고들었다. 이산가족 상봉을 추진한다는 이야기가 나올 때마다 부모님은 '혹시' 하는 마음으로 전화기 옆을 온종일 서성거린다. 하지만 100명 정도의 상봉 인원으로는 늘 하늘에 별 따기다. 1,000만 명이 넘던 이산가족이 이제 불과 7만여 명, 그것도 일 년 평균 3,000명 이상이 세상을 뜨고 있는 실정을 감안한다면 숫자를 늘린 이산가족 상봉의 정례화는 시급한 일이 아닐 수 없다.

결국 우여곡절 끝에 이산가족 상봉행사가 열렸다. 신문과 방송마다 그 곡진한 사연들을 소개하느라 하루 종일 떠들썩했다. 한없이 부러운 듯 TV에 바짝 다가앉아 화면에서 눈을 떼지 못하는 어머니의 작은 어깨가 가여워 눈이 뿌옇게 흐려졌다. 나는 간간히 들썩이는 그 어깨를 감싸안으며 "저것 보세요. 어머니! 건강하게 오래 사시면 꼭 좋은 날이 올 거예요. 잘되면 금강산이 아닌 고향집에서도 외삼촌과 이모들을 만날 수 있게 될지 몰라요. 그땐 우리 모두 데리고 함께 가요" 짐짓 들뜬 목소리로 위로의 말을 건네자 "하지만 더 늦으면 안 돼! 세월을 붙들어 놓고 사는 사람이 있다더냐. 그나마 몸이 이만할 때 가야지 더 늙고 병들어 움직이지 못하게 되면 가볼 수나 있겠니? 이런 급한 사정들을 알고도 이쪽이나 저쪽이나 서둘러주는 사람이 별로 없으니 그게 딱한 노릇이지" 하며 혀를 차셨다.

맞다! 나만 하더라도 그토록 오매불망 가고 싶어하던 부모님을 모시고 가야만 그곳이 내게도 고향이 되는 거지 그분들께서 모두 떠나고 안 계신 후에 통일된들 무슨 의미가 있단 말인가. 하물며 유골함을 끌어안고 생전 보지도 못한 일가친척들을 만나러 간다면 그 얼마나 기가 막힐 것인가. 통일은 반드시 돼야 하지만 더 중요한 점은 하루라도 빨리 이루어져야 한다는 것이다. 지금 이 순간에도 평생 응어리진 그리움을 한 짐 가득 등에 지고 세상을 떠나는 실향민들의 피맺힌 한恨을 생각하면 그 이유는 분명하다.

부디 더 늦기 전에 한 바구니 가득 정구공을 싸들고 찾아간 어머니에게 막내삼촌이 부르는 '누나' 소리를 꼭 들려드리고 싶다.

몸이 고생하는 법이야!

“다 만들었는데, 이걸 어째. 속상해 죽겠네!” 부엌에서 음식을 하던 아내가 어이없다는 듯 혼자말로 중얼댔다. 한 보름쯤 전이다. 일요일 저녁, 모처럼 식구가 다 있다고 ‘묵은지말이 고등어찜’을 해먹자며 아내는 부산을 떨었다.

“왜? 뭐가 잘못됐어?” 내가 부엌 쪽으로 다가가자 도마와 아내의 손은 빨건 김치국물로 범벅이 돼 있고 냄비에는 묵은지로 일일이 싸 차곡차곡 쟁여놓은 고등어토막이 쌓여 있었다. “기껏 씻어놓고 깜빡했으니 이를 대체 어쩌지!” 아내가 가리킨 곳엔 잘 씻어 물기를 빼려고 바구니에 담아놓은 들깻잎이 한가득 있었다. 아마도 고등어 토막을 들깻잎으로 먼저 싼 후, 다시 묵은지에 싸려고 준비해놓고는 그만 까마귀 고기를 먹은 게 분명했다.

“속에 들어가면 다 섞이게 마련인데 그냥 넣으면 되잖아!” 난 쓸데없는 걱정을 다 한다며 심드렁히 말을 건넸다. 그러나 잠시 망설이던 아내는 한숨을 폭 내쉬며 냄비를 끌어다 싸놓았던 고등어를 하나하나 벗기기 시작했다. 갑갑한 듯 바라보던 내가 "그러게 정신놓고 살면 몸이 고생하는 법이야!"라고 안 해도 될 소릴 불쑥 내뱉자, "꼭 그렇게 말을 해야 시원하냐?"며 엷게 눈을 흘겼다.

내가 굳이 아내의 심사心思를 긁게 된 데는 그럴 만한 이유가 있어서다. 근래 들어 자주 깜빡깜빡하더니 두이 빈 결정적 실수를 한 전과前科 때문이었다.

새벽부터 엠티MT를 간다는 아들을 도와 짐을 싸주던 아내가 출근한 내게 전화를 걸어왔다. 지갑이 감쪽같이 사라졌다는 거였다. 아침에 애 용돈을 주려고 분명 지갑을 만졌었고 애가 출발한 후 앞집에 잠깐 다녀온 일밖에 없는데, 아이와 앞집에 연락을 해봐도 모른다 하고 집안을 샅샅이 뒤져도 나오질 않으니 귀신이 곡할 노릇이라는 거다. 난 주민등록증은 물론 운전면허증과 신용카드까지 들었으니 뒷갈망이 만만치 않을 거라며 다시 찾아보고 없으면 카드회사부터 신고하라고 일렀다.

"여보! 나, 요즘 왜 이러지?" 아내는 하루 종일 장롱 밑부터 세탁기 안까지 온 집안을 발칵 뒤집어 이 잡듯 뒤져도 소용없다고 울상을 지으며 푸념을 늘어놨다. 그리고 심란한 듯 밤새도록 뒤척이다 아침을 맞았다. 이때 전화벨이 울렸다. 아들애였다. "아빠! 아침에 샤워하려고 엄마가 싸준 속옷뭉치를 펼쳤는데 글쎄 그 안에 지갑이 들어 있지 뭐야!" 난 어이가 없어 한참동안 멍하니 아내를 쳐다봤다. 짐작컨대 아이에게 용돈을 꺼내주고 지갑을 든 채 속옷을 챙기다 그 속에 넣은 게 분명했다. '도대체 사람이 왜 그 모양이냐?'고 몰강스레 한마디 해댈까 싶다가 그만 꿀꺽 삼키고 말았다.

근데 그 일이 있은 지 며칠 지나지 않아서다. 저녁 설거지를 마치고 들어온 아내가 서둘러 티브이 리모컨을 찾았다. 그리고 넋을 잃고 연속극을 보는데 갑자기 타는 냄새가 났다. 무슨 일인가 싶어 방문을 여니 매캐한 연기가 코를 찌르고 가스레인지 위엔 작은 솥 하나가 벌겋게 달아올라 불꽃이 일기 직전이었다. 아내의 건망증이 또 일을 내고 만 거였다. 허겁지겁 사태를 수습한 아내는 털썩 주저앉으며 아연실색했고 너무 놀란 난 아무 말도 할 수 없어 뛰는 가슴만 쓸어내렸다.

약속을 잊어버리는 건 다반사요, 찾던 전화기가 냉장고 속에 들었더란 우스갯소리와 식구들이 점심을 먹었는지 안 먹었는지 가물가물해 두 번 밥상을 차렸다는 이야기가 이제 남의 일이 아니구나 싶어 슬슬 겁이 나기 시작할 무렵, 다시금 싸놓은 묵은지를 벗겨내는 집사람을 보니 걱정 반 짜증 반 나도 모르게 송곳 끝같이 뾰족한 소리가 튀어나오고 만 거였다.

그런데 그 말에 대한 아내의 역습은 곧바로 가해졌다. 지난 주말이었다. 우리 부부는 내장산을 들러 변산에서 하룻밤 묵어 올 요량으로 길을 나섰다. 단풍 구경도 좋았거니와 점심 때 먹은 젓갈백반은 별미였고, 석양 무렵 바닷가 식당의 생선매운탕은 곁들인 소주맛과 어우러져 아주 특별했다. 취기와 함께 들뜬 기분으로 숙소에 들어온 난 바지주머니를 뒤져 휴대폰을 찾았다. 그러나 아무리 찾아도 보이질 않았다. 이

때 문득 매운탕집에서 휴대폰을 만졌던 기억이 어슴푸레 나는 게 아닌가! 난 앞뒤 가릴 것 없이 그 집을 향해 달렸다. 조금이라도 빨리 가야 찾게 될 확률이 높아진다는 생각에 숨을 헐떡거리며 뛰었다. 그러나 헛수고였다. 손님이 놓고 간 휴대폰은 없었다고 주인은 딱 잘라 말을 했다. 그러자 기억이 다시 아뜩해지면서 이번엔 젓갈백반집에서 문자를 받았던 생각이 또렷해졌다. 난 수소문해서 그 집으로 전화를 걸었다. 그러나 점심을 먹고 간 것은 기억하지만 휴대폰은 보지 못했다는 말만 거듭할 뿐이었다. 이젠 더 이상 어쩔 도리가 없었다. 허탈한 맘에 터덜터덜 숙소로 돌아와 속을 끓이고 있을 때였다. 부르르 휴대폰 진동소리가 들렸다. 놀라 살펴보니 내 가방 안에서 나는 소리였다. 필시 내 소행임이 틀림없지만 왜 가방 속에 넣었는지 도통 기억이 나지 않으니 환장할 노릇이었다. 어쨌든 찾았으니 다행이지만 마취에서 방금 깨어난 사람처럼 머릿속이 휑하니 빈 듯 어질했다.

우린 휴대폰을 되찾은 기쁨에 맥주나 한잔 할 겸 밖으로 나왔다. 바다를 끼고 난 숲길을 걷던 아내는 느닷없이 "앞으로 당신 몸도 꽤나 고생하겠네!"라며 마냥 고소한 듯 비아냥거렸다. 그리고 적시適時에 오지게 반격을 해 속이 다 후련한지 나를 밀치며 의기양양 앞장 서 걷는 게 아닌가! 나는 순간 부아가 확 끓어올랐지만 먼저 해논 말이 있어 아무 소리 못하고 어정어정 아내를 뒤쫓았다. 그리고 무심한 척 아내의 어깨에 손을 얹었다. 이때였다. "에구 깜짝이야! 도대체 누구신가요?" 아내는 시치미를 뚝 따고 짐짓 기억을 못하는 사람처럼 농을 해댔다.

프랑스의 작가 앙드레 모로는 '진실한 부부는 젊음의 상실을 불행으로 느끼지 않는다. 왜냐하면 함께 늙는 즐거움이 나이 먹는 괴로움을 잊게 해주기 때문이라'고 했다. 그날 밤 우린 자꾸 부실해져가는 서로의 기억력을 위무慰撫하면서 오랜 시간을 같이해온 든든한 동지처럼 의기투합한 채 맥주잔을 비웠다. 창밖은 칠흑처럼 어두운데 파도가 만든 하얀 포말泡沫이 우리를 향해 끊임없이 밀려들고 있었다.

기이한 이야기

참 기이하다. 설명하기 힘들 만큼 터무니없지만, 직접 겪은 일이라 부풀리지 않은 이야기다. 지금부터 꼭 4년 전, 부모님께서 서울 근교에 주택을 마련하고 8년 넘게 사시다가 다시 서울로 오기 위해 집을 팔면서 겪은 일이다.

그 집은 야트막한 산과 떡갈나무숲에 둘러싸여 예쁘고 안온했지만, 그다지 공들여 지은 집도 아니고 값나가는 집도 아니다. 게다가 구입할 당시 지은 지가 3년밖에 되지 않아 오래 묵은 집도 아니다. 그저 시골 어디서나 흔히 볼 수 있는 일반 주택이었다. 그러나 과분하게도 마을사람들이 '숲엣집'이라는 정겨운 이름으로 불러주던 집이다.

그 집과의 인연은 자별했다. 처음 봤을 때부터 가족 모두가 좋아했고 오래 살았던 것처럼 편안함이 느껴졌다. 더욱이 집을 안고 흐르는 작은 도랑은 바로 그 이튿날 계약서에 도장을 찍고 이삿날을 손꼽아 기다리게 만들었다.

이사도 아주 순조롭게 마쳤다. 다만 부모님께서 연세가 많아 이곳에서의 생활이 무리가 되는 건 아닐지 그게 걱정이었다. 특히 아버지는 대장암 수술을 받은 직후여서 신경이 쓰였던 난 주말마다 그곳에서 함께 지냈다.

"당신과 아범에게 할 말이 있으니 산책이나 가지요." 토요일 오후 내가 막 도착했을 때, 어머니가 말씀하셨다. "하실 말씀이 있으면 집에서 하지 왜 나가요?" 내가 의아해하자, 잠깐이면 된다고 굳이 당신 뜻을 거두지 않았다. 우린 집 밖으로 나왔다. "8년이나 살던 집이라 팔겠다는 말을 안에서 하고 싶지 않아서 그랬어! 우리에겐 더없이 고마운 집인데 들으면 얼마나 서운하겠니?" 매사 조심하고 사소한 일도 함부로 하지 않는 어머니의 성품을 알기에 고개를 끄덕였다.

살아보면 사람과 잘 맞는 집이 있는가 보다. 만약 집과 사람 사이에 궁합이 있다면 이 집은 우리와 찰떡궁합일 게다. 부모님이 이곳으로 이사를 오신 후, 우린 늘 즐거웠고 모든 일이 맘먹은 대로 술술 풀렸다. 우선 두 분의 건강이 몰라보게 좋아진 것은 물론이거니와 아버지의 암 완치판정은 기적 같은 일이었다. 게다가 소소한 금전문제들이 약속이나 한 듯 해결되고 집안의 숙원이었던 토지 보상 문제마저 마음먹은 대로 성사되더니 내 직장과 아내 주변의 잡다한 일마저 누군가 일부러 도와주는 것처럼 매듭지어졌다. 심지어 아이들의 진학과 진로문제도 어려움 없이 척척 결정되고 보니 집의 덕을 생각지 않을 수 없었다. 하물며 매입할 당시엔 고려하지 않았던 전철이 개통되고 근방에 역이 생기면서 집값이 크게 올라 생각지 못한 이익까지 안겨주었다.

"고맙기 한량없는 집인데 이젠 우리가 나이가 많아 떠날 수밖에 없으니 아쉽고 섭섭해!" 서운함이 깊어선지 어머니의 목소리는 떨리기까지 했다.

아무튼 집을 팔겠다고 마음은 굳혔지만 당시 주택거래가 거의 없던 때라 빠른 기대는 하지 않았다. 그런데 희한한 일이다. 집을 내놓은 지 열흘 만이었다. 집을 살 사람이 나섰다는 연락이 온 것이다. 다른 사람들은 몇 년째 집을 내놔도 보러오는 사람이 없어 끌탕하던 시절에 이렇듯 바로 작자가 나타났으니 놀랄 일이었다. 더구나 스님이 사서 사찰을 만들겠다고 한다니 어안이 벙벙할 뿐이었다.

기이한 일은 스님과 계약을 마친 다음날 새벽에 일어났다.

"도대체 이게 무슨 일이람!" 건넛방에서 자고 있던 내 귀에 어머니의 고함소리가 들렸다. 놀라 나가보니 주방에 서 계신 어머니가 싱크대 위를 손으로 가리켰다. 거기엔 수박 한 통이 아무렇게나 쪼개져 있고 붉은 속살은 새끼손톱보다 더 잘게 잘려 여기저기 흩어져 있었다. 싱크대 위는 물론이고 서랍의 손잡이와 마룻바닥에도 어지럽게 널려져 난장판이 되어 있었다. "이 사람아! 수박을 먹으려면 제대로 먹지 이게 무슨 일인가?" 어머니의 질책이 억울했지만 나는 아니라고 계속 우길 수가 없었다. 단지 세 사람만 있던 집이고 가뜩이나 요즘 들어 치매가 제일 무섭다고 노랠 하는 분들인데, 내가 펄쩍 뛰면 어쩌겠는가. 머리가 쭈뼛거렸지만 그쯤에서 덮을 수밖에 도리가 없었다.

그런데 이상한 일은 여기서 그치지 않았다. 이사를 오기 전 궁금해서 잠시 들렀다는 스님과 마루에 앉아 이야기를 나눌 때였다. 난 항상 좋은 일만 생겨 이 집이 고맙다는 이야기와 장차 사찰이 되면 언제든 찾아올 수 있어 다행이라고 말했다. 그러자 내 말을 무심히 듣던 스님께서 느닷없이 마루 한쪽 구석을 가리키며 "허허! 저기 애기 영가靈駕가 하나 보이네요. 본래는 다른 곳에 있다가 이 집으로 들어온 모양인데 장난기가 많은 천진난만한 영갑니다." 아니, 이 무슨 해괴한 말인가! 멀쩡한 집에 애기 영가라니! 난 섬뜩한 기분에 겁이 더럭 났다. "아마 저 영가 덕일 겁니다. 여기서 편히 지낼 수 있었던 것이." 난 갑자기 소름이 쫙 끼치며 며칠 전 수박 사건이 머릿속을 스쳤다. 그리고 그 일들이 무슨 연관이 있는 것은 아닐까 하는 생각에 진저리가 쳐졌다.

그 후 우린 아무 탈 없이 이사를 나왔다. 그러나 그 집을 생각할 때마다 도무지 이해할 수 없었던 두 가지 기억이 떨쳐지지 않는다.

사람이 살다보면 간혹 불가사의한 일을 겪게 된다. 귀신을 봤다는 사람도 있고 심지어 귀신을 만나 도움을 받았다느니 또 해코지를 당해 힘들었다는 황당한 이야기가 종종 있지 않던가. 어찌 사람의 모든 일이 과학과 논리만으로 설명될 수 있겠는가. 인간이 지금껏 알아낸 지식이 얼마나 미미한지는 다 아는 사실이다.

하지만 그렇다고 내가 과학보다 우선하여 이런 일들을 믿으며 사는 것은 아니다. 그러나 왠지 이번 일만은 좋게 해석하고 잘 꿰맞춰 믿고 싶다. 그래서 끝까지 행운을 가져다준 고마운 그 집과의 인연을 오래도록 간직하고 싶다.

아마 그 영가는 우리 가족에게 잠시 왔던 인연 깊은 수호신이 아니었을까? 맘껏 도와주었음에도 불구하고 떠나는 우리가 서운해 가볍게 심술을 부려본 건 아닐까? 이제 우리와의 즐거운 동거는 끝났지만 또 다른 사람을 돕기 위해 아직도 그곳에 남아 얄궂은 장난을 도모하진 않을까.

오는 주말엔 가족들과 함께 사찰이 된 그 집을 찾아가보려 한다. 우리 눈엔 보이지 않겠지만, 모름지기 그 영가는 반가워 어쩔 줄 몰라 할 게다. 혹시 누가 알겠는가? 지난 정을 못 잊어 제대로 된 수박 한 통 선뜻 내줄지 말이다.

아무 말도 할 수 없었다

종로2가에서 택시를 잡는다. 술자리를 같이 했던 사람들을 보내고 혼자 남았다. 바짝 긴장했던 탓에 어깨와 뒷목이 뻣뻣하다. 그러나 이젠 마음이 놓이고 느긋해진다. "나 원 참!" 같은 말을 몇 번이나 되뇌며 피식 웃어도 보고 한껏 비틀거려보기도 한다. 갑자기 술기운이 오르며 딸꾹질이 났다.

새벽 1시 반. "강남역! 강남역!" 목청을 드높였지만 인정머리 없는 택시들은 꽁무니를 보이며 쏜살같이 사라졌다. 얼마쯤 지났을까? 늙수그레한 운전기사가 웃으며 고개를 끄덕인다. 황송하게도 가주겠다는 뜻이다. 택시 안은 후텁지근했다. 운전기사의 처진 어깨를 고단함이 짓누르고 있었다. 삼일빌딩 앞을 지나고 명동 입구를 거쳐 남산3호 터널로 접어든다. 서로 싸운 사람처럼 아무 말이 없다. 저녁 내내 말, 말, 말. 그것에 시달렸던 터라 오히려 편하다. 한남대교를 건널 때쯤 "강남역 어디에 내려드리면 될까요?" 운전기사는 마지못해 묻는다. "강남역 지나자마자 딸꾹! 신분당선 5번 출구에 딸꾹! 내려주시면 딸꾹! 에구! 죄송합니다. 딸꾹!" 다시 운전기사는 입을 다문다. 알아들었다는 거다. 절반 이상 차량이 줄어든 거리는 휑했다.

피로가 몰려왔다. 머리를 뒤로 젖히고 눈을 감는다. 좀 전에 있었던 일들이 아마득하다. 대체 무슨 일이 있었던 거지. A와 B, 두 명의 '갑'을 모시고 꾀죄죄한 '을'이 되어 머리를 조아리고 있었다. 아버지 나이쯤 되는 사람들이라 술을 마실수록 정신은 또렷해지고 입술은 말랐다. 안주는 '와규和牛 등심구이'와 '송이버섯전골'이었다. 일본 소까지 한국을 찾아와 나를 도와주었다. 무슨 이야기를 했더라? 와규 이야기가 잠깐 나왔었고, 아! 맞다! 안주와 함께 주문했던 '홍주紅酒'가 나오자 그것의 고장 진도珍島 얘기로 자연스레 넘어갔다. 진도를 오직 '진돗개'로만 알고 있었던 탓에 드문드문 과장된 표정을 지으며 신기한 척 경청했다. 한 소리를 또 하고 또 하는 A에게 계속 고개를 주억거렸다. 이해가 안 되는 부분은 대충 웃음으로 때웠다. 하지만 이야기가 길어질수록 머리가 어질했다.

진도 이야기에 A는 왜 그리 신이 났는지? 혹시 무슨 연관이 있는 건가? 어쨌든 그런 건 중요한 일이 아니다. 오직 A의 기분을 잘 살피며 진지하게 들어줌으로써 내가 부탁한 용건에 대해 명쾌한 수락을 받아내면 그만이다. 그렇다고 무턱대고 듣기만해선 안 된다. 간간이 그들의 말에 장단을 맞춰야 한다. 뻔히 아는 것도 생소한 듯 다시 물어 대화에 기름을 쳐야 한다. 그러나 모처럼 껴들었던 '진도아리랑'은 완전 나의 실수였다. 어설피 알던 것이 생각나 던진 말인데 꺼져가던 장작에 석유를 부은 꼴이 됐다. 마무리되던 대화가 다시 활기를 띤다. 이런 제기랄! 스스로 발등을 찍다니 재앙이었다. '이제 그만 가자'는 B에게 면박을 주면서 민요로 시작한 강의가 문학과 예술로 발전하더니 보존대책으로까지 번지면서 한도 끝도 없이 늘어졌다. 너댓 번이나 하품을 참았다.

A는 모습부터 까칠했다. 툭 불거진 이마에 얇은 입술, 그리고 바싹 마른 체구와 작은 눈이 만만해 보이지 않았다. 아까 사무실서부터 내 얘길 제대로 들으려 하지 않았다. 말을 빙빙 돌리며 '네깟 놈들, 여차하면 국물도 없다'는 뜻을 수시로 내비치며 건들댔다. 어떻게든 도와주려는 B에게 눈까지 흘겨가며 위세를 떨었다. 하긴 한쪽에선 들어줄 듯하면서 다른 쪽에서 내치는 것이 그들 나름의 작전이라지? 오늘 성과는 영 못미더웠다. 매번 장마다 꼴뚜기가 날 순 없지만, "혼자 가도 괜찮겠어? 두 사람 모두 소문난 구렁이들인데…" 걱정하던 부장을 생각하면 이 일만큼은 보란 듯 성사시키고 싶었다. 그럴수록 인내가 필요했다. 2차로 노래방까지 갈 수만 있다면 가능성이 있을 텐데, 그러나 A의 표정으론 아직 미지수다. B의 협조를 믿는 수밖에. 혀 꼬부라진 A의 말은 이제 알아듣기도 힘들다. 시간만 맥없이 흘렀다.

노래방이다. 일단 여기까진 성공했다. 하지만 산통은 거기서 깨졌다. A의 술주정이 모든 걸 엉망으로 만들었다. 노래방 주인이 권한 도우미가 들어오고 얼마 지나지 않아서다. 심드렁한 표정으로 투덜대던 A가 갑자기 상을 엎으며 난동을 부렸다. 도우미들이 제멋대로라는 거다. 주인의 앙칼진 목소리에 나는 더럭 겁이 났다. 경찰을 부르겠다는 걸 겨우 달래고, 달라는 대로 돈을 주고 쫓겨났다. "넌 마! 나쁜 놈이야! 접대를 하려면 제대로 해야지, 대체 이게 뭐하는 거야? 넌 글렀어! 인마!" 내일 아침이면 기억도 못할 푸념을 횡설수설 늘어놓는 A를 택시에 태워 보내느라 진땀을 뺐다. 그리고 어정쩡히 서 있던 B도 두툼한 거마비 봉투를 손에 들려보냈다. 기진맥진, 땅이 푹 꺼지는 것 같나. '괜찮아! 이 정도쯤이야 뭐! 꾹 참으면 되는 거지! 세상엔 별 사람이 다 있잖아!' 나는 나를 위로했다.

"젊은 분이 많이 취하셨네, 어서 일어나요, 강남역 다 왔습니다." 퍼뜩 정신이 든 나는 서둘러 택시에서 내렸다. "비틀거리지 말고 들어가요. 세상이 험해 별의별 놈이 많습니다. 잘 가요!" 운전기사는 타이르듯 내게 일렀다. 하룻저녁이 정말 길었다.

여기까지의 이야기는 영업사원으로 입사한 지 3년 남짓 된 아들애가 접대 술자리를 마치고 들어와 떠들어댄 말을 재구성한 거다.

그날 아침, 술이 덜 깬 채 힘겹게 출근하는 아들의 뒷모습을 보며 나는 혀를 찼다. 한편, 결과를 궁금해하며 멀떠름한 표정으로 서둘러 나가는 모습이 안쓰럽게도 느껴졌다. 꼭 저래야 되는 건지. 속이 편치 않았다.

점심때가 지나서였다. 아들애한테서 전화가 왔다. "성공이에요! 대성공! 구매량도 예상보다 훨씬 많아요! 근데 그 사람들도 집에 가면 나

같은 자식이 있을 텐데, 해도 너무했어요. 지난밤엔 엄청 애를 먹이더라고요." 난 아무 말도 할 수 없었다. 꼭 해줘야 할 말과 하고 싶은 말이 태산 같았지만, 그저 잠자코 듣고 있었다.

죽음, 삶의 거울

비명횡사非命橫死라는 말이 있다. 국어사전엔 '뜻밖의 재난과 사고로 인한 허망한 죽음'이라고 적혀 있지만 한자를 풀어보면 '자신의 운명이 아닌 불시에 닥친 변사變死'라고 해야 더 정확할 것이다.

생사生死는 자연의 이치요 천명天命이라지만, 갑자기 인도人道로 뛰어든 자동차에 치어죽거나 낯선 이가 휘두른 칼에 목숨을 잃고, 떨어진 물건에 맞아 세상을 뜨는 날벼락마저 천지간의 순리라면 얼른 수긍이 가질 않는다. 황당한 그들의 죽음을 보며 어찌 하늘만 탓할 수 있단 말인가. 오히려 인명人命은 재천在天이 아니라 재타인在他人이 아니냐며 기약할 수 없는 우리네 삶을 근심해야 하는 것은 아닐까. 사람의 명이 때론 나와 무관한 타인에 의해 얼마든지 그 종말을 고할 수 있음을 알아야 한다. 더욱이 갈수록 복잡해져가는 현대사회에선 이렇듯 예기치 못한 횡액이 난무할 것이 분명하기 때문이다.

지난 목요일 낮이다. 생각만 해도 아찔한 교통사고를 경험했다. 연로한 부모님을 모시고 지방에서 서울로 오는 길이었다. 경부고속도로를 이용해 오산쯤 왔을 때다. 평일인데도 차가 조금씩 밀리더니 이윽고 길게 늘어서는 거였다. 2차선을 달리던 나도 차를 세우고 뒤차를 위해 비상등을 켜며 버릇처럼 룸미러를 쳐다보았다. 순간 내가 서 있는 차선으로 무섭게 질주해오는 승용차가 보이는 것이 아닌가. 짧은 시간이었지만 얼핏 스치는 불길한 예감에 '어! 어! 어!' 소리를 지르며 브레이크를 밟고 있던 발에 힘을 꽉 주었다. 뻔히 보면서도 피하지 못하고 당해야 하는 공포의 몇 초가 흐르자 여지없이 '꽝' 하는 소리와 함께 내 차는 앞으로 밀리면서 움찔했다. 다행히 앞차를 받지는 않았지만 뒷좌석에 타고 있던 부모님은 차 바닥으로 쏠려 내려앉았고 다급한 신음소리가 귓전을 때렸다. 머릿속이 하얘지면서 아무 생각도 나질 않았다.

허겁지겁 차에서 내린 난 뒷문을 열어 부모님을 살핀 후, 차를 보니 트렁크는 활짝 열려져 있고 뒤 범퍼는 심하게 깨져 내려앉아 있었다. 난 뒤차 운전자에게 갔다. 삼십 초반의 젊은 남자였다. 에어백이 터진 탓인지 놀라 겁에 질린 얼굴로 "죄송합니다! 정말 죄송합니다! 제가 졸다가 그만." 그 친구는 떨리는 목소리로 허둥대며 말을 이었다. "상가喪家를 다녀오는 길인데 밤샘을 하는 바람에 그만 이렇게… 죄송합니다." 혼자 타고 오면서 졸았다는데 차를 받을 때까지 제동을 전혀 하지 않았다는 거였다. 그 소리에 나는 어처구니가 없어 화가 치밀었지만 이만하길 다행이란 생각에 꾹 눌러 참았다. 고속도로는 삽시간에 수라장이 됐다. 잘잘못이 분명한지라 사고 수습은 일사천리였고 가까스로 차를 갓

길로 뺀 후, 부모님을 급히 병원으로 이송했다. 하늘이 도우셨다. 부모님도 크게 다치지는 않았다. 혼이 나가 온몸이 후들거렸던 힘든 하루를 보내고 저녁 늦게야 집으로 돌아왔다.

그날 밤이다. 자리에 누었지만 도무지 잠이 오지 않았다. 특히 추돌하기 몇 초 전, 맹렬하게 달려들던 뒤차의 모습이 무서운 영화 속 장면처럼 머릿속을 맴돌았다. 게다가 꼬리를 무는 상념은 녹초가 된 몸 위로 쏟아지는 잠을 악착같이 몰아냈다.

'만약 뒤차가 승용차가 아니라 대형버스나 큰 화물차였다면 우린 지금 어찌됐을까? 그리고 조금씩 차가 밀려 속도를 낼 수 없었기 망정이지 제 속도로 달려와 받았다면 멀쩡할 수 있었을까? 그리고 또 우리 차가 트렁크가 없는 경차였다면 과연 무사할 수 있었을까?' 충분히 큰일을 당할 수 있었던 상황 속에서 천만다행 그 액운을 피했다는 사실과 만약에 그러지 못했다면 동강난 내 인생은 어떻게 됐을까 하는 상상이 교차되면서 찰나에 뒤바뀌는 삶과 죽음의 경계에 진저리가 쳐졌다.

난 생각할수록 오금이 절인 이번 일을 겪으며 언제든 찾아올 수 있는 죽음을 보았다. 그리고 아주 가깝게 다가왔었던 그 잿빛 얼굴을 통해 인간의 삶 속에 드리운 죽음의 의미를 다시 한번 헤아리지 않을 수 없었다.

지금까지 난 삶과 죽음을 반의어라 배웠다. 그러나 죽음 안에 삶이 들어 있고 삶 안에 죽음이 숨쉬고 있을 뿐더러 삶의 끝이 바로 죽음과 맞닿아 있음을 생각하면 어떻게 반의어가 되는지 아리송할 따름이다.

오히려 삶과 죽음은 서로를 통해서만 본디의 모습을 제대로 볼 수 있는 상보적相補的인 것은 아닐까.

죽음에 대한 인식은 수시로 자신의 삶을 반추하게 만들어 그 삶이 지닌 의미와 가치를 깨닫게 하고, 삶을 더욱 진지하게 대하도록 일러주는 거울의 역할은 아닐는지. 따라서 인간은 죽음을 정확히 바라봄으로써 삶의 근본적인 것과 부수적인 것을 분별하고 진정한 본질을 재확인 하는 것이다. 그리고 자신에게 부여된 단 한번뿐인 삶을 소중히 여기고 사랑하며 무엇인가 더 큰 완성을 위해 갈망하며 살게 하는 것이 아니겠는가.

'죽음이 어디서 너를 기다릴지 모른다. 그러니 어디서나 늘 그것을 예상하라'고 세네카는 진즉부터 사람들을 경책하지만 우린 오로지 삶만 생각하며 정신없이 살아갈 뿐, 죽음에 대한 생각이나 준비는 전혀 하지 않는다. 언제 죽을지, 어떻게 죽을지, 어디서 죽을지도 모르면서 말이다.

이제부터라도 죽음을 단지 공포와 좌절로만 인식해 거부하거나 기피하지 않고 오히려 그 본질에 대한 깊은 사색으로 남은 삶을 좀 더 쓸모 있게 일궈야겠다. 그리고 부질없는 욕심으로 살찌웠던 삶의 무게를 줄여 작고 가볍게 만들어야겠다. 내게도 언젠가 느닷없이 찾아올 그날을 위해서 말이다.

나이 많은 죄

며칠 전 종합병원 이비인후과를 가셨던 어머니가 언짢은 표정으로 돌아오셨다. “그 나이에 이 정도 들으면 양호한 거라고 더 나빠지면 오라니 그게 말이 되는 소리냐? 너무 불편해 무슨 방법이 없을까 싶어 찾아간 환자에게 대체 그게 의사가 할 소리냔 말이야!” 팔십을 훌쩍 넘긴 어머니는 지난해부터 부쩍 못 들으셨다. 앞에서 얘기하면 그럭저럭 괜찮은데 옆이나 뒤에서 하는 소리는 못 들을 때가 많았다. “나일 먹으면 모든 게 다 서러운 법이야. 알아듣질 못하니 웃을 때 웃을 수가 있나? 울 때 울 수가 있나? 바보천치가 따로 없다니까!” 3주 전에 예약을 하고 진료 날을 손꼽아 기다려 찾아갔건만 그 정도면 별 문제가 없다고 건성건성 대하는 젊은 의사가 야속했던지 어머니는 연신 푸념을 늘어놓았다.

때마침 난 공교롭게도 『나는 에이지즘에 반대한다This Chair Rocks』란 책을 읽고 있었다. 이 책은 연령차별, 즉 ‘에이지즘Ageism’에 관한 내용이었다. 미국의 여성 기고가 애슈턴 애플화이트가 자신의 노년 생활과

각종 연구 결과를 토대로 연령차별에 관해 정리한 것이다. 인터뷰와 취재 등을 통해 연령차별 논의의 필요성과 구체적 실상, 그리고 거기에 대응하는 다양한 방안까지 모든 것을 담고 있었다.

나이가 많고 적음을 가리지 않고 가해지는 게 연령차별이다. 나이가 적다는 이유로 '머리에 피도 안 마른 것들' 또는 '버르장머리 없는 것들'이라 취급받는 일도 적지 않지만, 이 책에서 주로 다루는 것은 나이든 이들에 대한 차별이었다. 모든 차별이 그렇듯 연령차별도 집단 간의 불평등을 정당화하고 고착시키는 함정이 있어 모른 척하고 지나칠 수 없는 일이다.

'에이지즘'은 1969년 노인의학 전문의 로버트 버틀러가 만든 단어로 요즘엔 사전에도 올라 있는 말이다. '노인, 그리고 나이 드는 것 자체에 대한 편견들의 조합'으로 정의된 이 말은 빠르게 퍼지긴 했지만 격렬한 반응과 운동으로 이어지진 못했다.

저자에 따르면 연령차별은 사회문화적으로 구축된 개념이다. 이 현상은 19세기부터 20세기 근대화의 진행과 맞물려 나타났고, 지난 세기에 두드러졌던 '청년문화'가 이를 더욱 심화시켰다. 게다가 인간을 노동력으로 환산하는 자본주의도 당연히 여기에 일조했다. 만 15세부터 64세 이하를 '노동가능인구'로 간주하고 그 이상을 노령인구로 분류해 사회가 '부양'해야 할 부담스러운 존재로 치부하면서 훨씬 더 뚜렷하게 드러났다.

저자는 "왜 사회는 인종과 성차별 그리고 장애인과 동성애자 차별엔

민감하면서도 연령차별에 대해서는 그렇지 않을까. 인종차별은 주로 흑인, 성차별은 주로 여성이 당하지만 연령차별은 이 책의 한글판 부제가 말해주듯 '새파랗게 젊은 것과 고집불통 노인네가 모두 당하는 차별' 임에도 불구하고 왜 주목하지 않을까"라는 문제의식을 제기하고 있다. 특히 에이지즘은 섹시즘sexism과 언어적 역사가 비슷함에도 섹시즘은 심각한 범죄로 인식하지만 에이지즘은 그렇지 않은 점을 강조하면서 거의 모든 사회가 연령차별에 대해 구조적으로 무관심하다고 주위를 환기시켰다. 미국에서조차도 연령차별을 불법으로 규정하고는 있지만 심각하게 받아들이지 않은 채 만연되고 있다. 이 책에 보면, 실리콘 밸리에서도 나이가 들어보이는 젊은 엔지니어들이 불이익을 두려워해 스스로 보톡스를 맞거나 머리털을 심어 연령차별에 대한 해결책을 찾기는커녕 슬며시 피해간다고 개탄한다. 얼마 전 유명 학원강사로 있는 후배가 "단지 늙거나 늙어 보인다는 이유로 수강생이 줄어 학원으로부터 해고 통보를 받는 일이 비일비재하다며 피부 관리는 물론 성형수술까지도 고려하고 있다"는 이야기가 새삼 떠올랐다.

노인들에게 가해지는 이런 차별과 편견은 나이가 들어감에 따라 지적知的 능력과 성적性的 능력, 그리고 생산성 등이 떨어진다는 일반적 믿음에 근거하는데 인종차별이나 성차별과는 달리, 차별하는 사람도 얼마 후면 똑같은 차별을 받게 된다는 특징을 갖고 있다.

또 이 연령차별은 점점 늘어나는 노인들의 사회활동에도 부정적 영향을 끼쳐 그들이 건강한 사회 일원으로 기여하는 것을 방해한다. 따라서 이제 연령차별은 고령화시대의 경제적 측면뿐만 아니라 인권 문제로까지 대두되고 있다. 게다가 '늙는다'는 것에 대해 부정적 인식이 강한 젊은이들은 언젠가 반드시 부메랑을 맞게 된다. 자신들이 노인이 됐을 때 스스로에 대한 부정적 인식을 훨씬 많이 갖게 되기 때문이다. 현재의 젊은이들이 나이가 들어 불행해지지 않기 위해서라도 만연된 에이지즘은 반드시 줄여나가야 할 것이다.

며칠 전, 버스 정류장에서 있었던 일이다. 한적한 정류장엔 대학생으로 보이는 남자와 나뿐이었다. 이때 젊은 여자가 다가와 '동충동을 가려면 몇 번 버스를 타냐'고 물었다. 그 남자는 모른다고 고개를 저으며 나를 쳐다봤다. 난 마침 얼마 전에 가본 적이 있어 번호뿐만 아니라 타야 하는 장소까지 정확히 알고 있었다. 그런데 아뿔싸! 그녀는 나를 흘낏 쳐다보더니 나이든 사람이 뭘 알겠냐는 듯, 새치름한 표정으로 휙 돌아서 가는 게 아닌가? 어처구니가 없던 난 그만 쓴 입맛을 다실 수밖에 없었다.

늙으면 서럽다더니 이렇듯 무턱대고 나이든 사람을 깔보는구나 싶었고, 이젠 나도 연령차별이란 가파른 언덕 앞에 속절없이 섰구나 싶어 서글펐다.

요즘 같은 세태에, '노인 하나가 쓰러지면 도서관 하나가 불타는 거라'고 기를 쓰며 우기진 않으련다. 또 '젊게 사는 것보다 조화롭게 늙는 게 훨씬 더 소중하다'는 실없는 소리도 하지 않겠다. 다만 타인에 대한 혐오로 시작한 연령차별이 결국 자신에게도 칼을 겨눈다는 사실을 강조하고 싶을 뿐이다. 세상에 세월과 싸워 이길 장사는 없을 테니 말이다.

'나이 많은 게 죄가 될 줄은 몰랐다'는 어느 시인의 말이 가슴 속을 저민다.

참치의 눈물

드르륵 방문이 열렸다. 이마에 수건을 동여맨 덩치 큰 주방장이 도마 위에 수박만한 참치머리를 받쳐 들고 들어왔다. 잘린 부분을 밑으로 둔 채 입을 하늘로 향한 그것은 회갈색을 띠고 있었다. "오늘 회 맛은 맘에 드셨습니까? 눈다랑어 머립니다." "아주 좋았어! 그동안 먹었던 것 중 최고야! 고마워, 김 실장!" 오늘 모임을 주선한 친구는 만 원짜리 두어 장을 그의 손에 쥐어주며 엄지손가락을 치켜세웠다.

신바람이 난 그는 능란한 솜씨로 참치머리를 해체해나갔다. 그러다가 모양과 색깔이 각기 다른 머릿살 두 점씩을 각자의 접시에 놓아주며 "이건 기름장에 찍어 드시고, 이 부위는 특별히 드리는 참치내장젓갈로 잡수셔야 제 맛입니다." 아주 비밀스럽고 오묘한 별미를 우리에게만 주는 듯 의기양양 검은색 젓갈을 조금씩 떠서 회 위에 올려주었다. 난 비릿한 젓갈 냄새에 살짝 비위가 상했지만 "와! 입에서 살살 녹네, 완전 천상의 맛이네 그려!" 감탄사를 연발하는 친구들의 호들갑에 우물우물 씹

다말고 꿀떡 삼켰다. "이젠 참치 눈물주酒 한 잔씩 하셔야죠? 제가 기가 막히게 만들어 올리겠습니다." 그는 보기만 해도 섬뜩한 회칼을 휙하니 돌려잡고는 참치 눈언저리에 푹 꽂았다. 그리고 천천히 눈알을 도려냈다. 이윽고 야구공만한 덩어리가 도마 위에 놓여졌다. 우린 그의 엽기적 손놀림에 눈을 떼지 못한 채 숨을 죽여가며 바라보았다. 그의 빨갛게 얼은 손이 그걸 요리조리 돌려가며 꼼꼼히 발리내자 드디어 탁구공만한 수정체가 하얗게 모습을 드러냈다. 그는 그걸 들어 보이며 자랑스러운 듯 흐뭇한 표정을 지었다. 흰색 수정체는 다시 잘게 다져졌다. 얼었던 것이 녹으며 끈끈한 점액질로 바뀌었다. 그걸 사람 수만큼의 소주잔에 배분하더니 거기에 소주를 부어 우리에게 건넸다. 이게 참치 눈물주란다. 눈알을 다져넣고는 눈물주라니 몬도가네가 따로 없었다. 저렇듯 눈알까지 파먹어야 하는지. 영 마땅치 않았던 난 술잔을 슬쩍 밀어내놓으며 딴청을 피웠다.

내가 알기로는 참치 눈물주가 좋다는 속설은 별 게 아니다. 수정체 속에는 안와지방이 있는데 거기에 오메가3 지방산DHA+EPA이 많아 몸에 좋다는 게 그 근거다.

그러나 우리가 모르는 게 있다. 참치의 여러 부위 중 눈알은 세균이 번식하기 가장 적합한 환경으로 좋은 성분을 섭취하는 이점보다는 세균을 그대로 먹게 되는 일이 더 잦아 굳이 권장할 만한 먹거리는 아니라는 것이 중론이다. 게다가 식당 주방장들이 펼치는 묘한 마케팅 전략에 걸려들어 극진한 대접으로 오인하며 지갑을 여는 것도 쓸데없는 일은 아닐지.

"새로운 요리의 발견은 새로운 별의 발견보다도 인류의 행복에 한층 더 공헌한다"고 프랑스 미식가 브리야 사바랭이 말했다지만 어지간해야 하지 않을까. 수없이 개발되는 요리에 사용하는 재료들이 다양해지는 요즘이다. 그 다양의 정도가 지나쳐 이젠 경악을 금치 못할 것들까지 넘쳐난다. 어미의 배를 갈라 아기집 속에 들어 있는 새끼들을 꺼내 요리를 한다든지 깃털까지 만들어진 부화 직전의 계란이나 오리알을 먹는다든지 모기를 잡아먹고 사는 동굴 속 박쥐의 배설물을 뒤져 소화가 안 된 모기눈알을 모아 스프를 끓여 먹는다고 하니 몸서리가 쳐진다.

게다가 원숭이의 골을 생으로 먹기도 하고 우리 속에 갇힌 살아 있는 곰의 쓸개에 빨대를 꽂아 즙을 빨아 먹는 일은 듣기만 해도 현기증이 날 만큼 끔찍하다.

동물은 '먹이'를 먹는다. 그러나 사람의 경우 '먹이'라는 단어 대신 '음식飮食'이란 말을 쓴다. 모든 동물은 생존을 위해 자연선택에 따라 '먹이'를 구하고 그걸 섭취하는 것이 자연스런 본능이다. 하지만 일부 인지능력이 발달한 동물은 먹는 것과 관련된 활동을 즐거움으로 여기기도 한다. 사람은 여기에서 한 발 더 나아가 품위 있는 '문화적' 맥락에서 식이 행동을 발달시켜왔다. 이런 면에서 볼 때 먹어서 죽지 않으면 무턱대고 다 먹는다는 요즘의 먹거리 개념은 아무래도 문제가 있지 않나 싶다.

불교에서는 흔히 육식을 금하고 채식을 하되 오신채를 삼가고, 발우공양이라는 자연친화적 식사법을 개발해 소식小食을 권장해왔다. 율장

律藏을 살펴보면 부처님께서 음식과 관련해 상당히 많은 계율을 정해놓았음을 알 수 있다. 음식을 구하는 방법부터 먹는 시간과 방식, 심지어 마음가짐까지 규정해놓았다. 그 마음가짐은 스님들이나 불자들이 공양할 때 염송하는 『소심경小心經』 '오관상념게五觀想念偈'에 잘 드러나 있다.

"이 음식이 나에게 오기까지 얼마나 많은 공덕이 들어갔는지를 헤아리고, 나의 덕행이 공양을 받기에 부끄럽지 않은가를 생각한다. 나쁜 마음 끊으려면 탐진치 삼독三毒을 끊는 게 으뜸이다. 이 음식을 약으로 알아 육신의 고달픔을 치료하고, 깨달음을 이루고자 이 음식을 먹습니다計功多少 量彼來處 / 忖己德行 全缺應供 / 放心離過 貪等爲宗 / 正思良藥 爲療形枯 / 爲成道業 應受此食."

음식을 먹기 전에 음식에 깃든 많은 사람들의 공덕을 먼저 생각하고, 그 음식을 먹기에 부끄럽지 않게 행동을 했는지 되돌아보며 도를 성취하기 위한 약으로 알고 먹어야 한다는 부처님의 가르침이다. 복잡한 현대사회를 살면서 이 게송의 내용을 일일이 염두에 둔다는 것이 쉽지 않을 것이지만 아무거나 무자비하게 먹는 일만은 삼가야 하지 않을지.

전설적 요리사 오귀스트 에스코피에Auguste Escoffier는 "먹는 법을 아는 게 사는 법을 아는 것이다"라고 말했다.

사는 법을 아는 게 무엇인지 나는 잘 모르나 그저 상식적이고 평온하게 살고 싶다. 늘 먹던 그대로 나물반찬 두어 개에 따뜻한 국 한 그릇, 그리고 막 지은 밥 한 사발 속에서 사는 기쁨을 느끼고 싶다.

나에게

만 35년일세. 한 직장에서 보낸 세월이 자그마치 강산이 세 번 변하고도 다섯 해를 넘겼네. 이젠 차분히 물러남을 준비해야 할 시간. 그동안 숱한 일들을 겪으며 수고 많이 했네. 하지만 되돌아보면 눈 깜빡할 사이에 가버린 것 같아 허망하기 짝이 없다네. 누구나 마찬가지겠지만 이 피할 수 없는 무상함은 각자 제 인생의 뒤란에서 스스로 감당해야 할 자기만의 몫이 아니겠는가?

자네가 이렇듯 교직생활을 무사히 마칠 수 있었던 것은 주변에서 지켜봐주고 격려해준 고마운 분들이 계셨기 때문이라네. 부족하지만 늘 자랑스레 여기셨던 부모님과 팍팍한 생활 속에서도 불평 한마디 하지 않은 아내, 그리고 무탈하게 자라준 아이들이 고마워 새삼 고개가 숙여진다네. 그러나 무엇보다도 감사해야 할 일은 큰 파란 없이 가족들을 건사할 수 있게 해준 학교와 긴 시간 같은 길을 가면서 이끌어준 선후배들의 은공은 빼놓을 수 없겠지. 흔히들 월급의 절반은 상사上司의 욕

값이라는데 여느 직장과는 다르게 언제나 따뜻하고 화목했던 분위기는 두고두고 맘에 새겨둬야 할 걸세.

학창시절 문학에 대한 열망으로 밤잠을 설치면서도 교직에 대한 동경은 항상 가슴속에 자리 잡고 있었지. 의사가 되고 싶었던 어린 시절의 꿈은 이루지 못했지만 오랜 세월 수많은 학생들과 함께하면서, 그들 마음속 상처와 아픔 그리고 풀어지지 않는 멍울을 어루만지고 보듬던 일들은 지금 생각해도 감회가 새롭다네. 다행히도 변변치 않은 글재주지만 문단文壇의 작은 쪽문이나마 밀고 들어갔으니 그들에게 어쭙잖은 치료지침서 하나 천천히 마련해주면 어떨까 싶다네.

그런데 막상 교단에서 내려서려는 요즘, 가슴 서늘한 일이 나를 영 놔주지 않네 그려. 혹시 반 푼 어치도 못될 권위의식으로 만에 하나 제자들에게 씻지 못할 상처를 입힌 적은 없었는지 하는 걱정이 바늘 끝처럼 계속 깔끄럽게 한다네. 칼로 입은 상처는 회복되지만 말로 입은 상처는 평생 간다지 않던가. 살면서 본의 아니게 남에게 함부로 했던 일이 내겐 절대 없다고 어찌 잡아뗄 수 있겠는가? 부디 못난 내 심성을 탓하며 용서를 구하는 수밖에 다른 방법이 없을 것 같네.

이제 사회가 내게 맡겼던 배역을 마치고 무대에서 내려오면 바둑판처럼 촘촘히 짜였던 일과표는 대충 접어 묵은 서랍 속에 쑤셔넣고 여유라는 이름으로 다가올 시간들을 반갑게 맞이하게나. 아직은 한창 나인데 이대로 손을 떼면 어쩌나 하는 강박과 사방 두리번거리며 무슨 일이든 찾아봐야겠다는 조바심은 미련 없이 훌훌 털어버리게. 이제부턴 평생 종종거렸던 아침시간 소파에 비스듬히 누워 TV를 봐도 괜찮고, 읽고 싶은 책이 있으면 밤을 새운들 무슨 걱정이란 말인가. 또 열흘 넘어 걸리는 여행도 과감히 떠나보면서 나만을 위한 시간을 흠뻑 즐겨 보세나. 아! 참! 젊어서 그렇게 해보고 싶었던 클라리넷도 배워보고 히말라야 트래킹도 한번 다녀오면 어떨까.

예부터 현명한 사람은 될 일을 가려 성의껏 하되 불가능한 일은 매달리지 않았으니 그 인생이 편할 수밖에 없지만, 못난 사람은 안 될 일을 되게 하려고 억지를 부려 삶이 늘 힘들다고 했네. 대인은 자신이 할 일을 능력껏 하면서 하늘의 명을 기다릴 따름인데, 소인은 가능성 없는 일을 하면서 요행을 바란다는 경구로 받아들여 항상 명심하고 조심하세나.

그리고 무엇보다도 필요한 것은 욕심을 버릴 일이네. 사람 사는 게 별것 있겠나? 바람처럼 왔다가 이슬처럼 사라지는 게 인생 아니던가. 한 줄기 섬광같이 번쩍하면 지나가고 마는 검불 같은 인생, 앙앙불락한들 무슨 소용 있겠는가. 버리고 비우고 베풀고 나누고 참고 또 기다리면서 그냥 그렇게 살아갈 수밖에 별다른 방도가 없지 않은가. 그러기 위해선 먼저 내 삶의 무게와 부피부터 줄여야 할 걸세. 만나야 할 사람들과 가봐야 할 곳들은 물론 생각의 양마저도 한껏 줄여 무념의 시간을 넓혀 나가야 될 것이네. 하지만 내려놓는 것에 대해 눈곱만큼이라도 서운한 생각이 든다면 차라리 하지 않느니만 못하니 부디 미련 떨지 않기를 바라네.

게다가 지금부턴 혼자 있는 습관을 길러야 할 거야. 고독에 대한 준비와 연습이 필요하다는 말이네. 사람들이 두려워하는 것은 '홀로 있는 것'이 아니라 '외톨이로 여겨지는 것'이라고 들었네. 루소도 "사막에서 혼자 사는 것이, 사람들 사이에서 혼자 있는 것보다 훨씬 덜 힘들다"고 말했다네. 외로움은 주위에 아무도 없을 때가 아니라, 사람들과의 관계 속에서 오히려 더 강하게 엄습한다는 말이 아닐까.

하지만 외로움이 없다면 산 사람이 아닐 걸세. 살아 있는 사람만이 외로움에 뼈가 시린 법이지. 춥고 아리지만, 외로움 때문에 그리움과 사랑을 배우고 사람의 소중함을 알게 되는 것은 아닐는지. 그리고 그 고독이 예술을 낳고 둘도 없는 걸작을 만드는 게 분명할 걸세. 외로움을 스스로 감내하면서 좋은 글 한 편 남긴다면 그거야말로 인생을 살면서 이문利文 남는 장사가 아닌가 생각하게나.

그리고 앞으로는 '반드시'보다는 '가능하면'이라는 말을 더 많이 사용하여 나나 남을 채근하거나 윽박지르지 않도록 하게나. 그저 사계절의 변화를 묵묵히 보여주는 덩치 큰 나무처럼 자연스레 순리를 따르며 살아보세나.

퇴직하면 당장 출근할 때마다 차에서 듣던 라디오 방송의 잔잔한 멘트와 감미로운 음악이 그리워질 테지. 그리고 매일 아침 반갑게 인사하며 차 한 잔을 나눴던 동료들, 또 수시로 물을 주며 보살폈던 창틀의 작은 화분도 문득문득 보고 싶을 것이네. 그러나 만남이 시작되면 틀림없이 끝이 있는 이치를 다시금 떠올려야 하지 않겠나.

●

노상 창문 너머로 바라보던 앞산의 편한 능선과 철 따라 풍광을 달리 했던 아담한 솔숲을 바라보며 '가는 것도 없고 오는 것도 없으며 또한 머무는 바도 없다無去無來亦無住'는 불교 경전의 한 구절을 가슴 속 깊이 새겨보세나.

글은 스스로 자란다

— 나의 수필 쓰기

일단 책상에 앉는다.

쓰고 싶은 글감이 생기거나 원고 청탁을 받으면 책상 앞에 똬리를 튼다. 쥐가 나게 머릿속으로 주제를 궁굴리며 걸맞은 첫 문장을 빼내기 위해 컴퓨터 모니터를 노려본다. 그리고 마냥 버틴다. 누에가 실을 뽑고 샘물이 솟구치듯 글이 거침없이 써지는 사람이 있을까?

난 원래 글재주가 시원찮다. 쓰고 싶은 내용이 넘칠 만큼 해박하거나 독서량이 많은 사람도 아니다. 다만 주변의 따뜻하고 소소한 이야기가 재밌고, 하찮은 사연에 관심이 많다. 이 일상의 뒤적임이 내 수필 쓰기의 출발점이면서 종착지다. 하지만 대수롭지 않은 이야기의 꿰맞춤도 내겐 그리 호락호락하지 않다. 노상 애가 타고 침이 마른다.

안 풀리는 일의 샅바를 잡고 늘어지는 것처럼 힘겹고 맥 빠지는 일이 또 있을까. 책상에 앉는 일이 두렵고 짐스럽다. 애써 눈길을 돌리며 딴청을 피운다. 그래도 어김없이 돌아와 앉는 이 심사心思를 난 여태 알지 못한다. 불가사의다.

잔뜩 늘이고 바싹 줄인다.

얼추 첫 문장이 써지면 안심이다. 그게 다음 문장을 열어가기 때문이다. 이때부턴 절대 멀리 보지 않는다. 뒤를 돌아봐서도 안 된다. 마무리는 언감생심 생각조차 않는다.

억수비가 내리는 밤, 칠흑 같은 외진 길을 혼자서 운전하듯 헤드라이트가 비추는 바로 앞만 보며 간다. 스치는 옆에 것을 모두 볼 필요 없다. 길이 생판 틀린 게 아니라면 오로지 그 작은 불빛이 지도地圖요 나침반이다. 목적지에 대한 생각은 아예 접고 눈에 보이는 길을 따라 조금씩 앞으로 나아가면 되는 것이다. 분명 글은 앞문장이 다음 문장을 낳고 길러 스스로 자란다.

이때 불쑥대며 커지는 생각의 가지들을 잔뜩 늘려놓는다. 논리도 문법도 철자법도 상관없다. 중구난방 제멋대로 뻗는 가지들을 그대로 지켜본다. 모자라고 치우치며 끊기고 거친 것들이 여기저기 자리를 잡으며 쑥쑥 자라도록 내버려둔다. 제대로 된 가지치기를 위해선 큰 가지뿐만 아니라 곁가지와 잔가지도 넉넉해야 좋다. 잘라낼 것이 많을수록 맘먹은 모양을 만들 수 있기 때문이다. 가지들이 무성하게 자라면 이젠 전지剪枝가위가 필요하다. 가위를 잡은 손이 날래고 빨라진다.

가지치기는 나무를 매만져 모양을 좋게 하고 꽃과 열매를 많이 보기 위한 거다. 가지치기의 원칙은 빽빽한 가지를 정리하고 웃자란 가지를 쳐내는 것이다. 가지치기를 잘못하면 꽃과 열매는 물론 나무가 약해지고 볼품도 없어진다.

글쓰기도 마찬가지다. 모아진 생각들이 수북해지면 전체 모양새를 다듬어야 한다. 주제主題인 본가지는 가능한 보존한 채, 주제를 벗어나 지나치게 자란 가지, 논리에 맞지 않게 교차된 가지, 같은 말을 반복하는 평행한 가지, 전개를 방해하는 내향內向한 가지, 모양을 망치는 처진 가지, 군더더기 같은 부러진 가지를 과감하게 없애야 한다. 게다가 주제와는 상관없이 밑동에서 삐져나와 옆에서 움돋는 가지도 가차없이 제거한다. 잔뜩 늘인 생각들을 주저 없이 쳐내고 뽑아 바싹 줄여야 단정하고 상큼하다.

퇴고를 믿는다.

가지치기가 끝나 글의 얼개가 짜여지면 무심한 듯 던져둔다. 짧게는 며칠, 길게는 몇 달을 모른 채 그냥 둔다. 그리고 다시 꺼내 처음 보는 글처럼 소리 내어 읽어본다.

아! 고작 이렇게밖엔 쓸 수 없단 말인가? 어처구니가 없다. 고심은 했을지언정 부실하기 짝이 없다. 바람 빠진 풍선처럼 추레하고 어설프다. 이젠 퇴고에 맡겨야 한다.

읽고 또 읽는다. 넌더리나게 읽으면서 모자라면 덧대고 넘치면 버린다. 여차하면 단락도 통째로 날린다. 이 단어 저 글자를 수도 없이 옮기고 거푸해서 바꾼다. 조사 하나가 맘에 걸려 안절부절 서성인다. 퇴고는 뼈대를 바로잡고 군살도 빼주지만 분위기에 맞게 화장化粧까지 시켜준다. 진이 빠져 맥없지만 퇴고가 고맙고 믿음직한 이유다.

어깨가 뻐근하고 눈이 뻑뻑하다. 머릿속도 휑하니 어질하다. 고쳤던 말을 다시 그 이전 말로 바꿀 때쯤이면 제물에 질린다. 손을 털 때가 된 것이다. 턱없이 부족해도 여기까지가 한계다. 아쉬워도 컴퓨터 자판에서 손을 뗀다.

'잘 가라! 못난 내 글아!'

조헌 수필집
모든 벽은 문이다

지은이_ 조헌
펴낸이_ 조현석
펴낸곳_ 북인
디자인_ 푸른영토

1판 1쇄_ 2019년 04월 10일
출판등록번호_ 313 - 2004 - 000111
주소_ 121 - 842 서울 마포구 서교동 467 - 4, 301호
전화_ 02 - 323 - 7767
팩스_ 02 - 323 - 7845

ISBN 979-11-87413-42-4 03810

이 도서의 국립중앙도서관 출판예정도서목록(CIP)은 서지정보유통지원시스템 홈페이지(http://seoji.nl.go.kr)와 국가자료종합목록시스템(http://www.nl.go.kr/kolisnet)에서 이용하실 수 있습니다. (CIP제어번호 : CIP2019010911)